오키나와 소년 군부

태오

청소년 소설 _19
오키나와 소년 군부 태오

남경희 글

펴낸날 2024년 11월 29일 초판1쇄
펴낸이 김남호 | 펴낸곳 현북스
출판등록일 2010년 11월 11일 | 제313-2010-333호
주소 07207 서울시 영등포구 양평로 157, 투웨니퍼스트밸리 801호
전화 02) 3141-7277 | 팩스 02) 3141-7278
홈페이지 http://www.hyunbooks.co.kr | 인스타그램 hyunbooks
ISBN 979-11-5741-424-6 43810

편집 전은남 | 디자인 디.마인 | 마케팅 송유근 함지숙

ⓒ 남경희 2024

이 책은 경남문화예술진흥원의 문화예술지원을 보조받아 발간되었습니다.

오키나와 소년 군부

태오

남경희

| 차례 |

1
합격의 기쁨

"할아버지! 〈부산 해관(현재 부산 세관)〉 가려면 어느 쪽으로 가야 해요?"

태오가 한복 차림의 할아버지에게 물었다.

"해관? 이 길로 쭉 가다 왼쪽으로 돌면 보일 끼다. 예배당같 이 생긴 벽돌 건물이 바로 해관이다."

할아버지가 굽은 허리를 애써 펴며 알려 주었다.

초여름의 붉은 해는 이미 하늘 한가운데 떠 있었다. 정수리 가 뜨거워지고 목이 마를 즈음 태오는 겨우 해관 건물에 다다 랐다.

부산역처럼 아름다운 서양식 건물로 뾰족한 사각 탑이 하늘을 찌를 듯 치솟아 있었다. 할아버지가 일러 주신 대로 커다란 예배당 같았다. 건물을 구경하려고 사람들이 몰려와 웅성거렸다. 지붕 아래 커다란 현판이 눈에 띄었다.

　'내가 이런 멋진 곳에서 일할 수 있다면 얼마나 좋을까?'

　태오가 한참 올려다보다 걷어 올렸던 바짓단을 내리고 옷매무새를 가다듬었다. 크게 심호흡하고 건물 안으로 들어갔다.

　부산 개항장으로 들어온 외국 화물들이 산더미처럼 쌓인 곳을 지나 넓은 사무실로 갔다. 책상마다 서류가 빼곡히 자리 잡고 있었다.

　이쪽저쪽 기웃거리는데 여직원이 물었다.

　"니 무슨 일로 왔노?"

　'어린애가 여기 무슨 일로 왔어?' 하는 눈치였다.

　"안녕하세요? 저기……, 김성만 씨를 찾아왔습니다."

　여직원이 뜻밖이라는 표정으로 사무실 안을 가리켰다.

　"김 주임님? 저기 양복 입은 사람 있제? 저분이다."

　태오는 양복 입은 아저씨에게로 다가갔다.

아저씨는 등받이가 있는 높은 의자에 앉아 있었다. 주판알을 퉁기며 계산하고 서류에 숫자를 써넣었다.

태오가 인사하고 용건을 말하자 아저씨가 대뜸 물었다.

"니 참말로 영어 할 줄 아나?"

"네."

태오 대답이 미덥지 않은지 아저씨는 해관에 오는 외국인들과 인사 정도는 할 수 있어야 한다고 강조했다.

"어디 면접 좀 해 보까? 왓또 이즈 유아 네이무?"

태오는 웃음이 쿡 나오려는 걸 참았다. 일본식 영어 발음이 너무도 우스꽝스러웠다.

"마이 네임 이즈 태오 림."

"어쭈, 쥐방울만 한 게 헷바닥 굴리는 것 좀 보소. 그라모 니 영어로 자기소개할 수 있겠나?"

아저씨가 태오를 떠보려는 듯 싱긋 웃었다.

"렛 미 인트로듀스 마이셀프. 아임 해피 투……."

태오 대답이 길어지자, 사무실 사람들이 힐끗 돌아봤다. 일손을 멈추고 하나둘 모여들기 시작했다.

"아이고야, 인마 이거 물건이네. 니 헷바닥에 빠다 발랐나?"

어떤 아저씨가 태오 등을 툭 쳤다.

"야, 니 조선 사람 맞나? 발음이 코쟁이 같네."

다들 눈이 휘둥그레져 한마디씩 했다.

양복 아저씨가 물었다.

"니 어디서 영어를 배웠노?"

"제 어머니가 미국인 선교사입니다. 어머니에게 배웠습니다."

"그래? 니 외국 사람들하고 무슨 말이든 막 할 수 있나?"

"네. 집에서 어머니와 주로 영어로 하는데요."

양복 아저씨는 놀랍다는 듯이 혀를 내둘렀다.

"그저 심부름할 사환을 뽑을라 캤는데, 호박이 넝쿨째 굴러 들어와 뿌네."

아주 흡족한 듯이 태오 어깨를 툭 치며 말했다.

"합격! 니 다음 주부터 당장 출근하거라."

태오가 활짝 웃었다. 이렇게 큰 사무실에서 일하게 되다니 꿈만 같았다. 이 순간만큼은 중학교에 입학한 친구들이 하나도 부럽지 않았다.

사무실을 나와 해관을 뒤돌아보았다. 외벽을 장식한 붉은 벽돌과 푸른 하늘이 썩 잘 어울렸다. 태오는 해관을 바라보고 오른손을 올려 경례했다. 가슴이 고장 났는지 마구 쿵쾅거렸다.

올봄에 국민학교를 졸업한 태오는 몇 달 동안 막막했다. 하루아침에 갈 곳 없는 어른이 된 기분이었다. 중학교에 진학할 형편도 못 되고 끼니가 어려운 집안 살림을 생각하면 얼른 돈을 벌어야 했다. 아무리 찾아다녀도 국민학교를 갓 졸업한 애송이에게 변변한 일자리는 없었다. 그나마 농사철이 시작되어 이웃집 밭갈이를 돕는 게 고작이었다.

"이랴 쩌쩌!"

농사꾼 아저씨가 왼손으로 쟁기를 잡고 오른손에 든 고삐를 내리치며 고함질렀다. 코뚜레를 단 소는 뜨거운 콧김을 내뿜으며 밭 흙이든 논흙이든 잘도 갈아엎었다. 겨우내 단단히 뿌리를 내린 자운영꽃이 화들짝 놀라 엎어졌다.

태오는 쟁기질한 자리를 괭이와 갈고리로 써레질했다. 씨가 뿌리를 잘 내리도록 뭉쳐진 흙을 곱게 풀어내는 일이었다.

꽁꽁 움츠렸던 식물들이 봄기운에 마음껏 기지개를 켰지만, 태오는 말라비틀어진 잎처럼 축 처져 몇 달을 지내 왔다. 이제 우울했던 마음이 싹 날아가 버린 것 같았다.

"나도 합격했어! 이제 효도도 하고, 전쟁터에 끌려가지 않아도 된다구!"

태오는 두 팔을 번쩍 들어 올리고 부산역을 향해 껑충거리며 뛰어갔다.

땡땡땡. 땡땡땡.

사람을 가득 태운 초록색 전차가 미끄러지듯 다가왔다. 중절모를 쓰거나 기모노를 입은 사람들이 내리고 탔다.

태오가 전차 선로를 가로질러 휙 뛰어넘고는 부산역으로 달려갔다.

부산역 건물은 어찌나 크고 멋진지 눈이 어질어질할 정도였다. 지붕에 둥근 돔이 있는 서양식 건물로 붉은 벽돌과 하얀 화강암이 멋지게 어우러졌다. 커다란 시계도 걸려 있었다. 플랫폼에 들어서자, 천장이 아찔할 정도로 높고 뻥 뚫려 있었다.

일본 사람과 서양 사람들이 기차를 타려고 북새통을 이루고 있었다. 태오가 오전에 기차에서 내렸을 때는 미처 깨닫지 못한 일이었다.

'면접을 잘해야 한다는 생각에 무척 긴장했었나 봐.'

태오가 가슴에 손을 대고 안도의 숨을 내쉬었다.

쾌액!

뭉게구름 같은 허연 연기를 뿜어대며 시커먼 기차가 달려왔다. 태오는 다시 대구행 기차에 몸을 실었다.

새벽에 싸 온 주먹밥으로 늦은 점심을 먹으며 차창 밖을 내다보았다. 초여름의 고운 초록빛이 무척 싱그러웠다. 들판이 휙휙 지나가고 야트막한 산들이 나타났다 사라졌다. 산들과 논밭, 그리고 넓은 강과 초가집들은 액자 같은 차창에 담은 멋진 미술 작품처럼 보였다.

쾌액!

우렁찬 기적 소리와 함께 기차는 힘차게 앞으로 나아갔다. 기차가 다가가자 밭일하던 사람들이 허리를 펴고 손을 흔들어 주었다.

차창 밖 풍경에 눈을 떼지 못하다 태오는 문득 박 선생님 생각이 났다.

② 빼앗긴 봄날

지난해 오월이었다.

봄날은 가고 초여름의 뜨거운 햇살 아래, 그날도 군사훈련을 받았다. 태평양전쟁이 심해지면서 학교는 점점 군대로 변했다.

6학년 여학생들은 간호 훈련장으로 가고, 남학생들은 군사 훈련장으로 갔다.

남학생들이 운동장에 모여 나란히 줄을 섰다.

"너희들은 미래의 황군이다!"

와타나베 교장이 조회대에서 소리쳤다.

"~맹세는 굳세어라. 일 억의 우리들. 천황의 방패 되리!"

일본 군가를 부르며 행진 연습을 했다. 백여 명이 넘는 발걸음이 동시에 착착 움직였다. 마치 한 사람 발걸음처럼.

이어서 제일 힘든 훈련이 시작되었다. 돌멩이가 가득 든 상자를 들고 쉴 새 없이 달려야 했다. 전쟁터에서 탄약이나 총알을 운반하기 위한 훈련이라고 했다.

밤톨 같은 머리 위로 뜨거운 햇살이 쏟아졌다. 태오 이마에도 비지땀이 흘렀다. 잠시라도 긴장을 풀면 상자를 놓쳐 발등이 찍힐 것 같았다. 운동장을 몇 바퀴나 돌고 나니 눈앞에 하얀 별이 왔다 갔다 했다. 허리도 끊어질 것 같았다.

친구 만복이도 상자를 안고 뛰다 지쳤는지 어깨에 메고 뛰었다. 발걸음도 둔해졌다.

오전 내내 이어진 훈련이 드디어 끝났다. 모두 숨을 몰아쉬며 무거운 발걸음으로 교실로 향했다.

"아이고, 나 죽는데이. 우리는 학생이 아니고 군인이다. 군인."

만복이가 태오 등에 기대며 엄살을 피웠다. 시큼한 땀 냄새가 확 다가왔다.

딩동댕동 딩동댕동.

종례 시간을 알리는 종이 울렸다. 책상에 엎드려 있던 아이들이 부스스 고개를 들었다.

다케우치 선생님이 교실에 들어오자, 반장인 태오가 발딱 일어섰다.

"기립(일어서)!"

반 아이들이 용수철처럼 튕기듯 일어났다.

"경례(인사)!"

"안녕하십니까!"

일제히 허리 굽혀 인사했다.

"착석(앉아)!"

모두 자리에 앉아 바른 자세로 선생님을 바라보았다.

"6학년 1조! 오늘 하루 너희들이 훈련하는 모습을 지켜보았다. 참으로 안타깝게도 너희들 마음이 너무 느슨해졌다. 이제부터는 황국신민으로서 좀 더 노력하고 긴장해야 할 것이다."

그런 이유로 선생님은 내일부터 일기장 검사를 하겠다고 했다. 새벽에 실시되는 '라디오 체조'에 참가했는지, 집에서 일본어를 얼마나 썼는지를 일기에 자세히 써 오라고 했다.

"하야시(林, 임) 군, 매일 아침 일기를 거둬서 선생님 책상에 올려놓도록!"

선생님이 태오에게 지시하고 말을 이어갔다.

"내년부터 조선에도 징병제가 실시된다! 이는 천황폐하께서 조선인에게도 황군이 되는 은혜를 베푼 것으로 진정한 내선일체(일본과 조선이 한 몸이라는 뜻)가 이루어지는 것이다. 너희는 미래의 황군이므로 감사한 마음을 잃지 않도록! 질문 있나?"

창가에 앉은 학생이 물었다.

"일본이 전쟁에서 계속 패하고 있다는 소문을 들었습니다. 사실입니까?"

다케우치 선생님이 안경을 고쳐 쓰며 말했다.

"황군이 패할 리가 없다. 너희는 전쟁에 관한 어떤 소문도 믿지 마라. 더욱 긴장하여 학생의 본분을 다하도록! 그럼, 청소 시작!"

반 아이들이 흩어져 청소를 시작했다.

"다케우치 선생님, 진짜 너무하다. 그자?"

만복이가 걸레로 교탁을 닦으며 말했다.

"6학년인데 일기 검사를 하시겠다니."

태오가 입을 샐쭉거리며 칠판을 닦았다.

"우리 속마음까지도 감시할라는 기다. 확인 도장 받으려면 거짓말로라도 써야지."

빗자루로 쓸고 걸레로 닦고 분주하게 움직였다.

어느새 다케우치 선생님이 청소 상황을 살피러 들어왔다.

"청소 끝났나?"

"예!"

"그럼, 모두 교실 앞에 모여!"

아이들이 서둘러 물통을 비우고 걸레도 세워놓고 한 줄로 섰다. 다케우치 선생님이 검사에 나섰다. 가운뎃손가락으로 창틀을 훑으며 말했다.

"먼지가 많다. 창문 청소, 다시!"

"커튼 양쪽을 똑같은 모양으로 다시 묶어!"

"청소 도구 정리, 다시!"

선생님의 목소리가 떨어지자마자 아이들은 이리저리로 허둥댔다. 표정도 굳어졌다.

학교가 끝나고 만복이와 태오는 집으로 향했다.

개울가에 수양버들이 바람결을 따라 춤을 추었다. 다른 때 같았으면 바지를 걷어 올리고 개울물에 풍덩 들어갔을 것이다. 책보를 풀어 둘이 맞잡고 송사리 잡느라 한바탕 난리를 피웠겠지만, 그러기에는 몸도 마음도 지쳐 있었다.

"박정운 선생님 보고 싶다, 그자?"

만복이 말에 태오 얼굴이 활짝 피었다.

"만복아, 오늘 밤에 선생님 만나러 가자."

박정운 선생님은 태오와 만복이 오 학년 때 담임이었다. 학생들에게 인기가 많아 다른 반 아이들의 부러움을 샀다. 하지만 선생님은 황국신민으로서 충성심이 부족하다 하여 와타나베 교장에게 쫓겨났다는 소문이 나돌았다.

선생님은 올 봄부터 동네에 야학을 열고 몰래 조선어를 가르치고 있었다.

태오와 만복이는 저녁을 먹고 예배당 뒤편에 있는 야학 교실로 찾아갔다.

아저씨와 아주머니 열댓 명이 앉아 있는 교실에 수업이 막 시작되고 있었다. 태오와 만복이가 뒷문으로 들어가 고개를 숙였다. 동그란 안경을 쓴 박정운 선생님이 두 사람을 보고 앉으라고 눈짓했다.

한용운 '님의 沈默(침묵)'

칠판에 하얀 분필로 써 놓은 글씨체가 참 반듯했다. 선생님이 부드러우면서도 낭랑한 목소리로 시를 읽어 내려갔다.

님은 갔습니다. 아아, 사랑하는 나의 님은 갔습니다. 푸른 산빛을……

"오오, 사랑하는 님? 히힛."
만복이가 태오 귀에 대고 키드득거렸다.
선생님은 시에 흠뻑 젖어 소리 높여 읊었다.

날카로운 첫 키스의 추억은 나의 운명의 지침을 돌려놓고……

"선상님요. 시가 우째 쫌 그렇네요."

"맞습니더. 우리 선상님이 와 이런 시를 소개하지?"

사람들이 킥킥 웃느라 교실 안이 술렁였다.

시를 다 읽은 박 선생님이 교탁에 시집을 내려놓고 물었다.

"여러분은 이 시에서 말하는 '님'은 누구라 생각하십니까?"

만복이가 손을 번쩍 들어 답했다.

"당연히 선생님이 짝사랑하던 여학생 아닙니꺼?"

사람들이 책상을 두드리며 웃었다.

"푸하핫!"

"나는 몰랐데이. 아따, 그런 사연이 있었는가배."

언젠가 선생님과 야외 수업 갔을 때였다. 아이들은 재미있는
이야기해 달라고 졸랐다. 선생님은 사범학교 시절 짝사랑했던
여학생 이야기를 들려주었다. 선생님도 쑥스러운지 귀까지 빨
개진 채 짧게 깎은 머리를 줄곧 긁적였다.

박 선생님은 근엄하고 딱딱한 다른 선생님과는 달랐다. 선생
님과 함께 있으면 봄 햇살 아래 있는 것처럼 따스했다.

만복이 대답에 선생님이 말을 이었다.

"물론 '연인'일 수도 있지. 하지만, 이 시인은 독립운동가이기도 해. 그러니 '님'이란 잃어버린 '조선' 또는 '조국'으로 해석할 수 있단다."

웃고 떠들던 교실 안이 숙연해졌다.

'사랑하는 나의 조선······.'

태오가 시의 '님' 자리에 '조선'을 넣어 읽어 보았다.

박 선생님은 어른들께 간절한 부탁이 있다고 했다.

"여러분, 저기 태오와 만복이 같은 아이들은 태어날 때부터 이미 일제 식민지였어요. 그러다 보니 일본어가 국어인 줄 아는 아이들도 있어요. 참으로 안타까운 일입니다. 그러니 여러분이 자녀들에게 우리 말과 글을 쓸 수 있도록 잘 가르쳐 주세요. 그래야 언젠가 조선이 독립했을 때······."

그때였다. 교실 밖에서 군홧발 소리가 나는가 하더니 일본 순사들이 교실 안으로 우르르 들이닥쳤다.

"엄마야!"

태오와 만복이 동시에 소리쳤다.

"손 들어!"

모두 손을 번쩍 들었다.

"이 시국에 조선어를 가르치다니!"

번뜩이는 눈빛으로 일본 경찰은 박 선생님을 거칠게 끌고 나갔다. 마치 매가 날카로운 발톱으로 햇병아리를 낚아채듯 하였다. 말릴 수도 없는 기막힌 상황에 어른들도 그저 눈물지을 뿐이었다.

마침내 야학은 문을 닫고 이후 박 선생님 소식은 아무도 알지 못했다.

태오와 만복은 그렇게 또 한 번의 봄날을 빼앗기고 말았다.

3

선교사 에밀리

'내가 해관에 취직한 걸 아시면 박정운 선생님이 무척 기뻐하실 텐데.'

태오가 그런 생각을 하는 사이 어느새 대구역에 다다랐다.

기차역을 빠져나와 들뜬 마음으로 고갯길을 몇 개나 넘었다. 기쁜 마음에 하나도 숨차지 않았다. 저 멀리 보이는 집 굴뚝에 연기가 한가로이 피어올랐다. 태오 마음이 바빠졌다.

소나무 숲에 다다랐다. 노란 꽃가루를 사방에 뿌려 대던 가지들은 짙은 녹색으로 물들고 어린 새 솔잎들이 횃불처럼 하늘을 향해 쭉쭉 뻗어있었다. 나무줄기는 거북등처럼 거칠게 갈라져 있었다. 살랑거리는 바람에 풋풋한 솔 향기가 콧등을 어루만졌다.

저학년 아이들이 소나무 뒤에 몸을 숨기며 전쟁놀이를 하고 있었다.

"적이다! 탕탕! 피융피융!"

"으악!"

아이들은 두 파로 갈라져 싸웠다. '니뽕(일본)파'와 '양코(미국)파'. 나무 막대기 총을 들고 숨바꼭질하듯 온 숲을 누비고 다녔다. 놀란 풀벌레가 날아오르고 하얀 나비가 나풀댔다.

태오도 어릴 적 전쟁놀이를 했었다. 그때는 '니뽕(일본)파'와 '지나(중국)파'로 나뉘었다. 서로 '니뽕(일본)파'를 하겠다는 통에 가위바위보로 정했다. 철모르던 시절에 그저 재미있는 놀이로만 알았는데, 이제 와 생각해 보니 왠지 서글픈 생각이 들었다. 박 선생님은 늘 조선인임을 잊지 말라고 하셨다. 그랬다. 태오는 '조선파'와 '니뽕(일본)파'로 나뉘어야 옳은 게 아닐지 생각했다.

꼬불꼬불 숲길을 지나 신작로에 들어서는데, 덜컹덜컹 삐그덕삐그덕 소리가 뒤따라왔다. 소달구지였다. 태오 곁에 다가와서는 멈췄다.

"니 저 마을까지 태워 주까?"

달구지에 탄 할아버지가 곰방대를 물고 물었다.

태오는 빨리 집에 가고픈 마음에 선뜻 '감사합니다.' 하고 올라탔다.

"니 혼자 어디 멀리 갔다 오는 길이가?"

할아버지가 고삐를 고쳐잡으며 물었다. 턱수염만큼이나 이마의 주름살도 꼬불꼬불했다.

"네, 부산에요. 저 〈부산 해관〉에 취직했어요."

"해관에? 아따, 잘됐네. 요새처럼 살기 힘든 세상에 어린것이 대단하다"

태오는 그렇지 않아도 누구라도 붙들고 자랑하고 싶었는데, 칭찬까지 듣자 어깨가 한껏 솟았다.

마을 갈림길에서 태오는 달구지에서 내렸다.

논둑길을 따라 걷다 지난번 모내기를 도왔던 논을 지나쳤다. 어린 모들이 뿌리를 내려 꼿꼿이 서 있었다. 마치 초록 병사들이 줄지어 있는 것 같았다. 고랑 사이 고인 물에 파란 하늘이 비치고 뭉게구름이 한가로이 떠다녔다. 군데군데 우렁이가 꿈틀거리고 일찍 나온 잠자리가 그 위를 빙글빙글 날아다녔다.

'내 정신 좀 봐라. 얼른 가야지.'

논둑길에 쪼그리고 앉아 있던 태오가 벌떡 일어나 달리기 시작했다.

"맘! 나 합격했어요."

태오가 사립문을 들어서며 외쳤다.

저녁을 준비하던 맘이 젖은 손을 치맛자락에 닦으며 뛰어나왔다.

"태오, 정말이야?"

하얀 피부에 금발인 맘이 서툰 조선말로 물었다. 눈동자의 푸른 빛과는 달리 그 눈길은 언제나 따뜻하고 다정했다.

태오가 어릴 적, 장티푸스가 온 산동네를 휩쓸었다. 모두가 한 우물을 써 왔기에 집마다 환자가 생겼다. 태오 엄마도 심한 고열에 시달렸다.

"찬물! 찬물!"

엄마가 목이 타 소리를 질렀다. 엄마 얼굴에 검푸른 발진이 생기고 소리칠 때마다 입에서 악취가 났다. 몸은 말라버린 나뭇가지처럼 앙상했다. 평소와 다른 엄마 모습에 태오는 가까이 다가가지 못했다. 그저 떨고 있을 뿐이었다.

"여기 물 가져왔어요."

아픈 엄마를 끝까지 돌본 것은 에밀리 선교사였다. 엄마 곁에서 지극정성으로 간호하는 것을 태오는 쭉 지켜보았다. 어린 마음에도 아무나 할 수 없는 일이라 생각했다.

에밀리는 미국에서 간호학을 배운 선교사로 처녀의 몸으로 조선에 왔다. 아픈 사람을 정성으로 섬기며 하나님 말씀을 전했다. 동네 사람들은 그녀의 진심 어린 간호에 감동하여 치료비 대신 쌀과 채소 등을 집 앞에 몰래 놓고 가곤 했다.

에밀리의 기도와 간호에도 불구하고 태오 엄마 병세는 좋아지지 않았다.

"선교사님, 죄송하지만 이 아이들을 맡아 주세요. 그래야 제가 안심하고 눈을 감을 수 있겠어요."

태오 엄마는 에밀리 손을 잡고 울먹이듯 애원했다.

영양 부족으로 광대뼈가 툭 튀어나오고 볼이 움푹 팬 일곱

살의 태오.

마른버짐이 활짝 핀 얼굴로 배고프다 칭얼대는 네 살배기 태희.

에밀리는 두 아이를 양팔에 꼭 끌어안고 말했다.

"아이들 걱정은 하지 마세요. 주님이 지켜주실 거예요."

결국 태오 엄마는 천국으로 떠났다. 태오는 눈물조차 나지 않았다. 어찌해야 하는지도 몰랐다. 에밀리는 정성껏 장례식까지 치렀다.

"태오, 태희야. 엄마 말씀대로 우리 집으로 가자."

고아가 되어버린 태오와 태희는 에밀리를 따라갔다. 서양 사람 집이라고 특별할 것도 없는 언덕배기의 자그마한 초가집이었다.

"이제 나를 '맘'이라 불러 줘."

에밀리가 태희를 품에 안으며 말했다.

네 살배기 태희는 자지러지게 울어 댔다. 오빠한테 가겠다고 발버둥을 쳤다. 파란 눈동자가 낯선 모양이었다. 태오가 태희를 무릎에 앉히고 등을 토닥거렸다. 그제야 태희 울음이 조금씩 잦아들었다. 그때 태오는 깨달았다. 오빠로서 동생을 어떻

게 해야 하는지. 태희를 위해서도 얼른 자라서 돈을 벌어야겠
다고 다짐했다.

"맘, 다음 주부터 출근하래요."

태오가 어깨를 쭉 펴며 말했다.

"그렇게 빨리? 정말 잘 됐구나."

"그럼 저는 부산에서 살아야 할 텐데 방은 어쩌죠?"

"그건, 걱정 마. 맘이 아는 선교사가 준비해 줄 거야."

그때, 태희가 툇마루로 나왔다.

"오빠 합격했어?"

"그럼, 오빠가 누군데. 당연히 합격했지."

태희가 다가와 태오 어깨를 감싸안으며 말했다.

"우리 오빠야 최고! 참, 길수 오빠 군대 간대. 집에 축하 깃발
도 걸렸어."

몇 해 전부터 전쟁터로 가게 된 군인 집에는 장행기를 꽂아
주었다. '영광스러운 집'이라는 의미에서다. 일장기가 새겨진
깃발에는 지원병이라고 쓰여 있지만, 실제는 강제징병이었다.

"축하는 무슨? 초상집이겠구먼."

태오가 어이없다는 듯 말했다.

이웃집 길수 형은 삼 대째 내려오는 장손으로 사범학교에 막 입학하였다. 워낙 손이 귀한 집이라 징병에 끌려가면 대가 끊어질까 걱정되어 불과 보름 전에 혼례를 치렀다. 자식도 낳기 전에 군대에 가게 되었으니 축하할 일이 아니라 초상집일 거라 태오는 생각했다.

"어어? 선생님이 군대에 나가 천황을 위해 싸우는 게 나라를 지키고 가족을 지키는 일이라 했어. 그런데 오빠는 왜 그래?"

태희가 입을 삐죽 내밀며 태오를 쏘아보았다.

"바보! 그럼, 너도 오빠가 얼른 군대 가서 먼 나라로 가면 좋겠어?"

"안 돼! 오빠는 빼고……."

총탄에 맞아도, 끄떡없는 철모,

써 보고 싶어요, 철모…….

태희가 새로 배운 창가를 흥얼거리며 다시 방으로 들어갔다.

"도대체 아이들을 어떻게 교육하는 거야? 일본은 미친 전쟁을 끝낼 때도 됐구먼. 조선의 젊은 생명을 전쟁의 총알받이로 생각하다니. 이대론 안 돼. 어떻게든……."

에밀리가 조용히 한숨을 내쉬었다.

뻐꾹뻐꾹.

먼 산에서 뻐꾸기 소리가 아스라이 들려왔다.

4
몽땅 동원

이튿날 태오는 만복이 집으로 달려갔다. 얼른 기쁜 소식을 알리고 싶어서였다.

고래 등같이 으리으리한 기와집에 다다랐다.

"태오야!"

학교에서 막 돌아온 만복이가 반갑게 맞아 주었다. 교복 입은 모습이 중학생이 아니라 대학생처럼 보였다.

"우아! 아무리 봐도 멋있다."

태오가 부러운 눈길로 만복이를 바라보았다.

만복이는 국방색 교복에 일본 군대식 전투모를 쓰고 있었다.

몇 해 전까지만 해도 중학생들은 황금색 단추가 빛나는 검정 교복에 마루보(둥근 모자)를 썼다. 남학생들의 자랑이기도 했는데, 교복도 전시 복장으로 바뀌었다.

만복이가 모자를 벗더니 태오에게 내밀며 말했다.

"이게 우리 학교를 상징하는 모표다. 멋있제?"

모자에 달린 금속 배지는 반짝반짝 빛났다. 석 장의 나뭇잎이 세모 모양을 이루고 있었다.

만복이는 학교 배지가 자랑스러운 듯 손으로 한동안 매만졌다.

"태오 왔네. 오랜만이다. 잘 지내제?"

만복이 어머니가 소쿠리를 들고 마당으로 나왔다.

"네. 저 〈부산 해관〉에 취직했어요. 다음 주부터 일하러 가게 되었어요."

"아이구마, 잘됐네. 잘됐어. 우리 태오는 뭘 해도 잘할 끼다."

만복이 어머니가 태오 어깨를 토닥이며 기뻐해 주었다.

"그러면 니 부산에서 살아야 하나?"

태오가 고개를 끄덕이자, 만복이가 섭섭한 표정을 지었다.

"우짜노……."

"그래도 주말에는 한 번씩 집에 올 거야."

태오 말에도 만복이는 자주 못 본다면서 아쉬워했다.

만복이는 이름 그대로 온갖 복을 다 갖고 태어났다. 동네 제일가는 부잣집에 온 식구가 만복이라면 끔찍하게 떠받들었다.

학교 갔다 돌아와서는 곰 만한 덩치를 할머니에게 들이대며 어리광을 피웠다.

"할머니, 피곤해."

"어멈아! 먹을 거 내 온나. 우리 장손 얼굴이 반쪽이다."

할머니는 만복이 엉덩이를 토닥거리며 안채를 향해 소리치곤 했다.

그런데, 태평양전쟁이 심해지면서 졸업하고 하는 일 없이 지내면 징용으로 끌려간다는 소문이 나돌았다. 만복이 엄마는 걱정이 태산이었다. 어떻게 해서든 만복이를 중학교에 보내야 한다고 생각했다. 귀하디 귀한 장손이기에 더더욱 그랬다.

"태오야, 우리 만복이 공부 좀 도와주면 안 되것나? 머리는 좋은데, 노력이 쪼매 부족한 게 탈이다. 이래가 중학교 못 간다."

만복이 엄마의 부탁으로 태오는 만복이와 함께 공부했다. 하지만 만복이 성적은 좀처럼 좋아지지 않았다.

그러던 어느 날, 만복이와 공부하고 있을 때였다.

"이거 먹고 하거라."

만복이 엄마가 수정과와 검은 쑥떡을 가져왔다. 맑은 자줏빛 수정과에는 하얀 잣이 두세 알 동동 떠 있었다. 달짝지근한 계피 향에 기분이 상쾌해졌다.

"우아! 떡이다."

떡보 만복이가 떡을 큼지막하게 떼어 입에 넣고 오물거렸다. 목이 메어 수정과를 들이키고는 소리쳤다.

"내가 이 맛에 산다. 먹는 기 제일 좋다. 니도 어서 먹어라."

그때였다. 행랑아범이 대 빗자루로 마당을 쓸다 말고 소리쳤다.

"마님! 마님! 면서기가 이쪽으로 옵니더."

"뭣이라?"

만복이 엄마가 버선발로 달려가 담장 아래를 내려다보았다. 만복이네 집은 뒷산 초입에 있어 마을이 훤히 내려다보였다. 커다란 미루나무 아래 면서기가 집 쪽으로 걸어오는 게 보였다.

"만복아! 만복아! 어서 숨어라이! 태오도 얼른!"

만복이 엄마가 부리나케 방으로 들어오며 소리쳤다.

"빨리! 빨리!"

만복이는 그 틈에도 소쿠리에 담긴 떡을 한 움큼 집어 들고 헛간으로 뛰어갔다. 곡식 자루를 밀치고 벽 아래 뚫린 작은 문으로 들어갔다. 좁은 공간에서 둘은 이마를 맞대고 쪼그리고 앉았다. 행랑아범이 다시 곡식 자루로 문을 막았다.

만복이가 쑥떡을 태오 입에 넣어 주었다.

"먹어봐라. 꿀맛이다."

"이런 상황에 떡이 넘어가냐?"

만복이가 태오 이마를 들이밀며 말했다.

"먹고 죽은 귀신은 때깔도 좋다 캤다."

그렇게 말하면서도 바깥소리에 귀를 바짝 기울였다.

일본이 전쟁 무기를 만드느라 집에 있는 쇠붙이는 몽땅 뺏어갔다. 심지어 솥이며 숟가락까지도. 그것도 모자라 사람도 공출 대상이 되어 버렸다. 마을마다 조선총독부가 할당한 인원을 채우려 어린아이까지 마구잡이로 데려갔다. 면사무소 사람들에게 그건 법보다 중요한 일이었다.

그런 바람이 경북 산골까지도 불어닥쳤다. 그래서 조선 사람은 '몽땅 동원' 한다는 말이 나돌면서 마을 면서기가 나타나면 모두 긴장했다. 징용 대상이 될 만한 동네 아이들은 몸을 숨겼다. 여자아이들도 마찬가지였다.

초조한 시간이 흘렀다.

"만복아! 이제 됐다. 나온나. 옆 동네로 갔다, 휴."

만복이 엄마가 가슴을 쓸어내리며 말했다.

다시 책상에 마주 앉자, 만복이가 중얼거렸다.

"무슨 일이 있어도 꼭 중학교에 합격해야 되겠다."

그날 이후로 열심히 공부한 만복이는 올봄에 중학생이 되었다.

만복이가 합격하자 만복이 엄마는 잔치를 벌이고 쌀이랑 과일을 태오 집에 가져다주었다.

국민학교를 졸업하면 열에 한 명꼴로 중학교에 진학한다. 나머지 아홉 명은 졸업하고 나면 어린 시절은 끝이 났다. 하루아침에 어른이 되어 집안 살림을 돕거나 군수공장이나 방직공장에 가서 일했다.

태오도 중학교에 가고 싶었지만 그럴 수 없었다. 고생하는 맘을 생각하면 하루라도 빨리 돈을 벌어야 했다. 맘도 적극 진학을 권했지만 거절했다. 맘은 태오가 어린 나이에 '애어른'이 된 것 같다며 안쓰러워했다. 태오는 먹을 것, 돈 걱정 없이 진학할 수 있는 만복이가 부러울 뿐이었다.

태오가 부산으로 떠나기 전날 금요일이었다.

태오는 마지막 인사를 하려고 만복이 집에 들렀다.

대문에 들어서자, 만복이 할머니가 마당에서 서성이고 있었다.

"할머니, 안녕하세요? 만복이 있어요?"

"아이고, 태오야. 마침 잘 왔데이."

할머니가 태오 손을 덥석 잡으며 말했다. 뭔가 걱정이 있는지 표정이 어두웠다.

그때 집 안에서 만복이 어머니가 뛰어나오며 다급히 물었다.

"태오야. 우리 만복이 몬 봤나?"

"예? 못 봤어요. 저도 만복이 만나려고 왔는데요."

만복이 엄마가 땅바닥에 털썩 주저앉았다. 만복이가 학교 갔다 돌아올 시간이 훌쩍 넘었는데도, 아직 안 왔다는 것이었다.

"혹시 새 친구 생겨서 놀러 간 건 아닐까요?"

"그럴 리 없데이. 하도 소문이 흉흉해서 학교 끝나면 곧장 집으로 돌아오라고 신신당부했다 아이가."

그 말에 태오 가슴이 철렁 내려앉았다.

'설마, 그럴 리는 없을 거야. 중학생인데.'

태오는 나쁜 생각을 떨쳐 내려고 고개를 내저었다.

이튿날, 만복이 소식을 끝내 듣지 못한 채 태오는 부산으로 내려갔다.

5
작은 고추

"자스또 모우멘또, 뿌리즈."

김 주임이 어쩔 줄 몰라 하며 태오를 찾았다. 외국 무역 상인과 영어로 대화하다 말이 막혀 곤란해진 것이었다.

"넬슨 라바트……, 초대 해관장이 영국 사람이네."

태오가 청소하다 복도에 걸린 역대 해관장 사진을 보며 중얼거렸다. 주임이 찾는다는 걸 알고 쪼르르 사무실로 달려갔다.

"부르셨어요? 주임님."

"그래, 이 사람이 뭐라 카는데 도무지 못 알아듣것다. 니가 통역 좀 해도고."

외국 상인은 화물 통관 서류를 들고 답답하다는 표정을 짓고 있었다.

태오가 예의를 갖춰 또박또박 통역했다.

다행히 의사소통이 잘 되어 업무를 마친 외국인이 돌아갔다.

김 주임이 태오 머리를 쓰다듬으며 말했다. 얼굴 가득 웃음을 띠었다.

"니, 큰일 했다. 이제부터 외국인이 오면 니는 내 옆에 찰싹 들러붙어 통역해야 한다, 알것제? 그때는 청소나 심부름 안 해도 된다."

태오는 괜스레 가슴이 활짝 펴지며 갑자기 맘이 보고 싶어졌다.

'이게 다 맘 덕분이야.'

에밀리는 다른 선교사와는 달리 풍토병에 걸리는 일 없이 조선에 잘 적응했다. 하얀 한복을 즐겨 입으면서도 유독 조선말은 어려워했다.

"태오야, '먹다' '잡수시다' 어떻게 다른 거야? 너무 어려워."

에밀리의 조선말은 태오가 귀를 쫑긋 세워야 겨우 알아들을 정도였다. 덕분에 태오는 쉽게 영어를 배울 수 있었다. 태오가 곧잘 영어로 말하게 되자 에밀리는 집에서 아예 영어로 대화했다. 나중에는 에밀리가 선교 활동을 나갈 때 태오가 따라다니며 통역하기도 했다. 그런 경험이 해관 업무에 도움이 되어 감사한 마음이 들었다.

태오는 아침 일찍 해관으로 출근해 책상을 닦고 청소했다. 하나둘 출근하는 어른들에게 깍듯이 인사하고, 책상 위 서류를 챙겼다. 심부름도 기쁜 마음으로 하고, 외국인과 마주치면 밝게 인사했다.

부산 해관은 일본을 비롯한 외국에서 건너오는 물품이 나날이 넘쳐났다. 세금을 매기는 일 외에도 검역, 어업 허가를 내는 등등 업무가 많아 어른들은 이리 뛰고 저리 뛰었다. 태오는 그런 어른들을 도우느라 종종걸음으로 쉴 새도 없이 쫓아다녔다.

"작은 고추가 맵다더니 우리 꼬맹이 직원이 최고다."

해관 사람들은 입에 침이 마르도록 태오를 칭찬했다.

태오는 마치 자신이 대단한 일이라도 하는 것처럼 마음이 뿌듯했다. 그러면서도 한편으로는 만복이 생각에 마음이 뒤숭숭했다.

'만복이는 어떻게 됐을까?'

태오는 해관 일을 마치고 부산에 있는 숙소로 향했다. 에밀리와 친분이 있는 존슨 선교사가 태오를 위해 교회 사택에 작은 방을 내주었다.

초량 언덕길을 올라가며 태오는 생각했다.

'이렇게 심부름하다 언젠가는 세관 업무도 배우겠지. 책상에 앉아 서류도 작성하고 밤늦게까지 일도 하고.'

그런 상상을 하니 미래의 희망이 보이는 듯했다.

'그래, 이게 내 길이야. 보람도 있고 나쁘지 않아.'

언덕을 오르자 부산 시내가 훤히 내려다보였다. 멀리 푸른 바다도 보였다.

숙소에 도착하자 뜻밖에 에밀리가 기다리고 있었다.

"맘! 어쩐 일이에요?"

에밀리의 깜짝 방문에 태오는 더없이 기뻤다.

"일 잘하고 있어?"

"그럼요, 오늘은 통역도 한 걸요. 일 잘한다고 칭찬도 해 주시고 다들 이뻐해 주세요."

"자랑스럽다. 우리 아들."

에밀리가 태오 머리를 쓰다듬었다.

"맘! 만복이 어떻게 됐어요? 돌아왔어요?"

에밀리는 잠시 머뭇거리다 말문을 열었다.

"맘이 좀 알아봤는데, 만복이가 일본 오키나와로 끌려간 것 같아."

"네? 오키나와요?"

태오는 머리를 세게 얻어맞은 것처럼 멍해졌다. 가슴이 벌렁거리고 다리에 힘이 빠지는 것 같았다.

"말도 안 돼. 만복이 중학생이잖아요? 입학한 지 얼마 됐다고. 오키나와는 부산에서 멀어요?"

"그럼, 일본에서 가장 남쪽에 있는 섬이야."

에밀리는 머지않아 미군이 오키나와에 상륙해 일본군과 전쟁할 거라고 했다.

"맘, 어떡해요? 만복이가 전쟁 한복판으로 갔으니……."

태오는 만복이가 전쟁터로 갔다니 믿을 수 없었다. 덩치만 컸지, 갓난아기처럼 마음이 여린 만복이가 얼마나 무서움에 떨지 안 봐도 뻔한 일이었다.

태오가 어릴 적, 그 해는 보리가 늦게 여물어 보릿고개 넘기가 무척이나 힘들었다. 엄마는 산자락을 누비며 나물을 뜯고 칡뿌리를 캐고 나뭇잎을 따 와 죽을 끓였다.

"죽 싫어. 밥 줘!"

철없는 태희는 숟가락을 내던지며 밥 달라고 엉엉 떼를 썼다.

때마침 놀러 온 만복이가 그런 태희를 보고는 헐레벌떡 집으로 되돌아갔다. 그리고 큼지막한 주먹밥 세 덩이가 든 소쿠리를 내밀고 갔다.

엄마는 밥을 아끼기라도 하듯 주먹밥 하나에 나물을 섞어 죽을 끓였다. 그렇게 세 식구는 사흘간 쌀 구경을 할 수 있었다.

태오는 그날의 만복이 얼굴을 지금도 잊을 수 없다. 배고프다 우는 태희를 바라보며 마치 제 일인 듯 금방이라도 울 것 같은 얼굴을 하고 있었다.

만복이는 그런 아이였다. 양손 가득 온갖 복을 갖고 태어난 만복이라 우쭐할 법도 하지만 언제나 마음이 따뜻했다. 만복이를 떠나보낸 가족들은 또 얼마나 슬퍼할지 태오 마음이 착잡해졌다.

그 후로 에밀리는 가끔 태오 숙소에 들렀다.

"맘, 부산에 자주 오시네요. 무슨 일 있어요?"

태오 물음에 에밀리는 애써 웃음 지으며 말했다.

"부산에 있는 선교사들과 조선에 도움 되는 일을 해보려고. 난 조선인 아들과 딸을 둔 엄마잖아."

에밀리는 자세한 내용은 말해 주지 않고 그저 조용히 웃었다.

낯선 밤

　드디어 첫 월급날이 되었다.

　일한 지 채 한 달이 되지 않아 큰돈은 아니었지만, 태오는 진짜 어른이 된 기분이 들었다. 노란 봉투에 든 돈을 세어보고 또 세어보았다.

　부산에 온 지 달포 가까이 되는 주말, 태오는 동생이 무척 보고 싶었다. 태어나서 지금까지 이렇게 오래 떨어져 있어 본 적이 없었다.

　태오는 에밀리가 좋아하는 서양 빵을 사고 태희가 좋아할 왕방울만 한 눈깔사탕을 샀다. 또 만복이네도 들르려고 카스텔라도 샀다.

양손에 선물 보따리를 들고 대구로 향하는 기차에 몸을 실었다.

"오빠야 최고!"

태희가 사탕을 물고 오물거리는 모습을 상상하며 빨리 집에 도착하기를 바랐다.

기차에서 내려 집으로 향했다. 숲길을 지나 신작로를 따라 걸었다. 콧노래가 절로 나왔다. 마치 '금의환향'이라도 하는 사람처럼 어깨를 으쓱 추어올리고 발걸음은 한없이 가벼웠다.

길가에 한껏 물오른 버드나무가 바람에 일렁거렸다.

'오랜만에 피리 만들어볼까?'

태오는 버들피리를 만들 요량으로 작은 가지를 꺾었다. 한여름 땡볕에 단단해진 껍질은 좀처럼 벗겨지질 않았다.

'내가 이럴 때가 아니지.'

마음을 다잡고 땅바닥에 내려놓았던 선물 보따리를 다시 집어 들 때였다.

끽– 끼이익!

흙먼지를 휘날리며 지나가던 트럭이 급하게 멈춰 섰다.

"뭐지?"

태오가 흙먼지를 털어 내려고 힘차게 고개를 흔들었다.

트럭에서 면서기와 일본 순사가 내려오더니 대뜸 태오에게 물었다.

"너, 이 동네 아이냐?"

"네, 저기 우물 위 세 번째 집에 살아요."

"마침 잘됐네. 어서 트럭에 타라."

태오는 섬뜩한 기분이 들었다. 할당된 인원을 채우느라 마구잡이로 데려간다는 말이 생각났다. 어떻게든 빠져나가야 했다.

"안 돼요. 저 〈부산해관〉에서 일하고 있어요. 주말이라 집에 들른 거예요."

"대구 비행장 공사에 차출된다. 일주일이면 돼. 일당도 두둑하고."

면서기가 달래듯이 말했지만, 눈빛은 뭔가를 감춘 것 같은 느낌이 들었다.

태오는 어떻게든 벗어날 구실을 찾아야만 했다.

"알았어요. 가더라도 집에 가서 맘한테 인사라도……."

태오는 떨리는 마음을 억누르며 대답했다. 채 말이 끝나지도 않았는데 두 사람은 태오를 번쩍 들어 올리더니 트럭 뒤 칸에 억지로 밀어 태웠다. 보따리가 땅에 나뒹굴었다.

"안 돼요! 안 된다고요!"

태오가 나가려고 문을 밀쳤다. 쾅쾅 두드려 봤지만 소용없었다.

철커덩!

문이 밖에서 굳게 잠겨 버렸다. 태오가 털썩 주저앉았다. 어찌할 바를 몰랐지만 이대로 있으면 안 될 것 같았다.

"안 된다고! 어떡하냐고?"

태오가 목 놓아 소리쳤다. 눈물이 줄줄 흘렀다.

"이리 와 앉거라."

누군가 뒤에서 말했다. 돌아보니 이미 열 명도 넘는 사람이 트럭에 타고 있었다. 우리도 이미 다 겪었다는 표정으로 태오를 물끄러미 바라보았다. 아저씨나 형들로 보이는 사람이 대부분이었다.

트럭이 덜컹거리며 어디론가 달렸다. 차가 이따금 멈출 때마다 여럿이서 차 문을 밀어 보았지만 끄떡도 하지 않았다.

철커덩!

드디어 트럭이 멈추고 차 문이 열렸다.

산등성이 너머로 해가 지고 있었다. 어느 산기슭이었다. 붉은 저녁노을이 번진 낯선 운동장이 눈앞에 있었다.

"어서 내려!"

일본 군인이 소리쳤다.

'여기가 어디지? 학교 같기도 한데.'

모두 트럭에서 내려 운동장 한편에 있는 낮은 건물로 들어갔다. 운동장 가로 일본 군인들이 줄지어 지키고 있었다.

"빤스만 남기고 옷 다 벗어!"

신체검사를 한다고 했다. 키를 재고 몸무게를 재고 눈 검사를 했다. 하지만 아무도 탈락하지 않는 형식적인 검사일 뿐이었다.

"자, 지금부터 이 옷으로 갈아입는다!"

완장을 찬 일본군이 황색 군복을 나눠 주었다. 여름인데 긴 팔 군복을 내 주며 입으라고 했다. 모자에는 별 문양이 달려 있었다.

태오에게는 너무나 큰 어른용 군복이었다. 소매를 몇 번이나 접어 올리고 바짓단도 걷어 올렸다. 일어서 보니 윗도리가 태오 무릎까지 내려왔다.

군모도 군화도 터무니없이 컸다. 신발 끈을 아무리 조여 매도 발목이 헐렁하고 발끝도 남았다. 걸어 보니 헐떡헐떡 여간 힘든 게 아니었다.

서둘러 군복으로 갈아입고 운동장에 나가 줄을 섰다.

완장 찬 군인이 한 줄 한 줄 지나며 사람들을 훑어보았다. 태오가 서 있는 줄을 지나치다 다시 돌아와 힐끗 보더니 고개를 갸우뚱거렸다.

산속에 짙은 어두움이 찾아왔다.

태오는 낯선 곳에 와 낯선 밤을 맞이했다.

'맘한테 이번 주에 꼭 들르겠다고 약속했는데.'

지금쯤 맘이랑 태희가 얼마나 기다리고 있을지, 얼마나 속을 태우고 있을까 생각하니 잠이 오지 않았다.

이튿날 아침. 호각 소리에 잠이 깼다.

좁은 방에서 열댓 명이 웅크리고 자느라 온몸이 쑤셔 댔다. 화장실을 가는데 옆방에서도 사람들이 줄줄이 나왔다.

"연병장에 집합!"

주먹밥을 먹고 운동장에 모였다. 이삼백 명은 되어 보였다.

징발 위원장인 육군 대좌가 앞에 서서 훈계했다.

"너희들은 이제부터 천황폐하의 명을 받아 일본제국 군대에 입대하여 군부가 된다! 이는 천황폐하의 자녀로서 가장 영광스러운 일이다. 충실히 임하여 성은에 보답하라!"

태오 가슴이 철렁 내려앉았다. 역시 거짓말이었다. 전쟁터로 끌고 가려는 속임수였다.

오늘 아침까지만 해도 비록 군복은 입었지만, 입대하는 것이 아니라 비행장 건설하는 인부로 가는 거라고 믿었다. 실낱 같은 희망이 사라져 버렸다.

'군부? 군부는 또 뭐지?'

태오는 옆에 선 아저씨한테 슬쩍 물었다.

"아재, 군부가 뭐예요?"

아저씨는 눈치를 보느라 두리번거리며 나직이 말했다.

"'군대에서 일하는 인부'라는 뜻이니까 일본 군인들을 따라다니며 허드렛일 하는 사람 아니겠나?"

태오는 눈앞이 캄캄했다. 그렇다면 일본군을 따라 전쟁터로

가게 될 터였다. 맘이나 태희한테 인사도 못 하고 떠나야 하다
니 기가 막힐 노릇이었다.

7
남쪽으로 남쪽으로

매일 똑같은 훈련과 일상이 반복되었다.

훈련은 '궁성요배'로 시작되었다. 동경에 있는 일본 천황이 사는 궁성 방향으로 일제히 고개 숙여 절했다. 그리고 '기미가요'를 불렀다. 이어서 '황국 신민 서사'를 소리 높여 암송했다.

"이치, 와타쿠시도모와 다이닛뽄테이코쿠노 신민데아리마스.(하나, 우리는 황국 신민이다). 니(둘),⋯⋯."

태오는 국민학교에 다닐 때 매일 반복한 터라 줄줄이 외울 수 있었다.

지휘관이 눈빛을 번뜩이며 사람들 사이를 지나 다니면서 제

대로 외우는지 감시했다. 왠지 모를 불안감에 태오 등줄기가
서늘해졌다.

옆에 선 아저씨가 제대로 외우지 못해 더듬거리며 말꼬리를
흐렸다.

"~텐노헤이카니 추~추(천황폐하에게 충~충)……."

지휘관이 다가와 다짜고짜 아저씨 뺨을 후려쳤다. 내일까지
무조건 외워 오라며 소리치고 갔다.

"내 평생 농사만 지었지 학교 문턱에도 못 가 봤는데 어찌 외
우라고?"

아저씨가 한숨지으며 꿍얼거렸다. 당연했다. 뜻도 모른 채 어
려운 한문 투의 일본말을 단숨에 외운다는 건 거의 불가능했
다.

이어서 군사훈련이 시작되었다.

"앞으로 가! 뒤로 돌앗!"

여러 사람이 발걸음을 맞추고 흐트러짐 없이 줄을 맞추었다.
군화가 큰 탓에 태오가 발걸음을 옮길 때마다 신발이 헐떡거렸
다.

한참 군사훈련을 받고 있는데 운동장 정문 쪽이 소란스러웠다. 자식들이 끌려간 곳을 알아 낸 부모들이 달려와 아우성을 쳤다.

"우리 아들 찾으러 왔소!"

"얼굴만 좀 보게 해 주이소!"

사람들은 아들 이름을 부르며 목 놓아 울부짖었다. 하지만 아무도 면회시켜 주지 않았다. 그래도 가족들은 쉽사리 물러서지 않았다. 눈에 넣어도 아프지 않을 귀한 자식이기에 그러했다. 태오도 혹시나 에밀리가 왔나 해서 힐끔힐끔 훔쳐보았다.

"조센징(조선 사람을 낮춰 부르는 말)들, 참말로 성가시네!"

마침내 완장 찬 일본군이 가족들을 향해 군견을 풀어놓았다.

으르렁, 왈-왈왈!

쫓아오는 개를 보고 가족들은 혼비백산이 되어 사방으로 흩어졌다.

긴긴 하루가 저물었다.

"태오야, 니가 좀 도와주라."

눈꺼풀이 무거워 금방이라도 쓰러질 듯한 태오를 붙들고 아저씨는 밤새 '황국 신민 서사'를 외우고 또 외웠다.

  일주일이 지난 아침, 육군 대좌가 소리쳤다.

  "드디어 출동 명령이 내려졌다!"

  '아!'

  태오는 크게 실망했다. 어디로 가는지 알 수도 없고 어떻게 해서든 에밀리에게 이 상황을 알리고 싶은데 방법이 없었다. 일주일이나 말도 없이 출근을 안 했으니 해관 어른들은 어떻게 생각할까.

  온갖 생각이 어지럽게 머릿속을 드나들었다. 누구라도 붙잡고 이 억울한 사연을 이야기하고 싶은데 들어줄 사람도 하소연할 곳도 없다는 사실에 분통이 터졌다. 사방이 온통 출구 없는 벽으로 둘러싸인 것처럼 막막하고 서러웠다.

  연병장에 모여 있으니 수십 대의 트럭이 줄줄이 들어왔다. 한 사람씩 트럭에 올라탔다.

  태오네를 실은 트럭은 산길을 내려가 대구역에 도착했다. 역에는 출정하는 군인들과 징용자들을 환송하는 인파가 몰려와 있었다.

미영 공격하라는 천황의 명령에

머나먼 길 가네 태평양

무적함대 거느리고 나타나니

순식간에 달아나는 적 주적함

여고생들이 일장기를 흔들며 환송하는 노래를 불렀다. 소식을 들은 가족들이 몰려와 이름을 외치며 아들을 찾았다.

혹시나 에밀리도 왔을까 하고 태오는 까치발로 두리번거렸다.

"얼른 타! 꾸물대지 말고!"

일본군이 소리쳤다.

'이대로 떠날 수 없어.'

태오는 최대한 늦게 타려고 슬쩍 물러서며 인파 속을 살폈다. 에밀리는 보이지 않았다.

"야! 너 뭐해? 얼른 타!"

일본군이 재촉했다.

태오는 자신이 키가 작아 에밀리가 찾지 못할 수 있겠다는 생각이 들었다. 기차에 얼른 뛰어올라 난간을 붙잡고 소리쳤다.

"맘! 맘! 태오 여기 있어요!"

순간 누군가가 태오를 걷어찼다. 태오는 기차 안으로 굴러떨어졌다.

태오는 발딱 일어나 창가에 자리를 잡았다. 이대로 떠나면 영원히 돌아오지 못할 수 있다는 불안감에 사로잡혔다. 잠깐이라도 에밀리와 태희 얼굴을 볼 수 있기를 간절히 바랐다. 창밖을 향해 손을 뻗어 마구 소리쳤다.

"맘! 마-암! 어디 있어요?"

차창마다 사람들이 우르르 몰려왔다. 손을 흔들고 이름을 외치며 아들을 찾았다. 여기저기서 엄마를 부르며 울먹였다.

기차가 미끄러지듯 움직이기 시작했다. 그때 사람들 틈에 키가 큰 금발의 맘이 태오를 애타게 찾고 있는 게 보였다.

"맘! 맘! 여기요!"

태오가 윗몸을 창밖으로 빼 내며 소리쳤다.

"태오! 태오야!"

에밀리가 움직이는 기차를 따라 쫓아왔다.

"오빠야! 가지 마라!"

태희가 에밀리 손을 놓치고 길바닥에 주저앉아 울부짖었다.

울부짖는 가족들을 버려둔 채 기차는 서서히 속력을 내기 시작했다.

칙칙폭폭 칙칙폭폭.

기차가 비스듬한 언덕 위를 힘겨운 듯 올라가면서 속력이 떨어졌다. 그러자 에밀리가 안간힘을 쓰며 쫓아왔다.

"태오야! 이거 받아."

들고 있던 보따리를 창 너머로 던져 주었다.

"맘! 맘⋯⋯."

에밀리와 한마디도 나누지 못하고 두 사람은 점점 멀어졌다. 태오는 에밀리가 보이지 않을 때까지 계속 손을 뻗어 흔들었다. 눈물이 목구멍까지 차올랐다.

야속하게도 기차는 남쪽으로 남쪽으로 힘차게 달렸다.

'아! 이제 정말 끝이야.'

태오는 절망한 나머지 눈을 꼭 감았다. 눈꺼풀이 파르르 떨렸다. 고여 있던 눈물이 주르륵 흘렀다.

'난 열심히 살아왔는데. 욕심도 안 부리고. 소박한 내 꿈조차⋯⋯.'

보따리를 바짝 끌어안고 몸을 웅크린 채 오열했다. 어깨가 들썩거렸다.

"남태평양에서 일본이 미군하고 치열하게 싸운다던데."

"곧 오키나와에도 미군이 쳐들어간답니다. 그러니까 우리가 살려면 기차가 북쪽으로 가야 하는데."

뒷좌석에 앉은 아저씨들이 웅성대는 소리가 들렸다.

"남쪽으로 가는 거 보니 일본으로 데려갈라 하는 기다."

태오 옆자리에 앉은 아저씨가 말했다.

"아재, 정말 우리도 전쟁터로 가는 걸까요?"

태오가 몸을 일으키며 물었다.

"그래도 우리는 군인이 아니고 군부라 하제? 총도 안 주고 총 쏘는 연습도 안 시키는 걸 보면 그래도 덜 위험할 끼다."

아저씨 말이 조금 위로가 되었다.

"니 몇 살이고?"

"열세 살이요."

아저씨 표정이 일그러지며 태오 머리를 쓰다듬었다. 아저씨는 경북 상주에서 왔다고 했다.

"짠하다. 니처럼 어린아까지 강제로 끌고 가다니……. 쯧쯧."

아저씨가 한숨을 푹 내쉬었다.

태오는 맘이 준 보따리를 풀었다. 주먹밥과 작은 성경책 그리고 십자가 목걸이가 들어있었다. 나무로 된 십자가는 에밀리가 항상 목에 걸고 다니던 것이었다. 뒷면에는 엄마 이름 '에밀리 에드워드(Emily Edwards)'의 약자인 'E.E.'라고 새겨져 있었다. 에밀리가 조선으로 올 때 아버지가 준 것이라고 했다.

성경책 속에 하얀 쪽지가 들어있었다.

"태오야, 항상 십자가를 목에 걸고 다니거라. 너를 안전한 길로 지켜 주리라 믿는다. 오키나와로 가거든 만복이를 만나 꼭 같이 살아 돌아와야 한다. 매일 매일 기도하며 너를 기다릴게. 사랑한다."

태오가 십자가를 목에 걸었다. 맘 냄새가 나는 것 같아 울컥했다. 뒷면에 새겨진 글자를 손가락으로 수없이 매만졌다.

'맘이 내 곁에 있는 거야.'

마음속으로 되뇌었다. 또 한 번 눈물이 흘렀다.

태오는 주먹밥을 한입 베어 먹다 문득 지난 졸업식이 생각났다.

강당 앞에 커다란 일장기가 걸리고 학부모와 선생님이 지켜

보는 가운데, 졸업생 대표로 태오가 앞으로 나갔다. 다케우치 선생이 써준 답사를 읽었다.

"금년부터 조선에 징병령이 시행되니, 저희는 머잖아 부르심을 받게 될 것입니다. 저희는 모교의 이름을 빛내는 훌륭한 군인이 되겠습니다!"

박수 소리가 쏟아지고 이어서 졸업식 노래가 온 강당에 울려 퍼졌다.

밤낮없이 부지런히 애쓴 보람 있어,

그 열매가 오늘 마침내 꽃피었도다.

아, 우리 모두 소리를 모아 부르고

축하하세 오늘의 기쁨!

여기저기서 훌쩍이는 소리가 들렸다. 태오도 울컥울컥 뜨거운 눈물이 흘렀다. 좀처럼 멈추지 않았다.

그때는 중학교에 진학하지 못한 서러움인지 미래에 대한 막연한 불안감에 그랬는지 이유를 알지 못했다. 이제 와 생각하니 오늘의 이 기막히고 슬픈 운명을 예감했던 게 아닐까, 생각했다.

　‘그런데, 맘은 내가 오키나와로 가게 될 걸 어떻게 알지?’

8
밤에 이동하는 배

어느새 태오 일행은 부산역에 도착했다. 창고 같은 곳에서 하룻밤을 묶었다.

"뭐 하는 짓이야? 왜 이런 곳에 가두는 거야?"

사람들이 웅성댔다.

"여기서 하룻밤 자고 내일 배를 탄다!"

완장을 두른 일본군이 소리치고 나갔다.

태오는 구석진 곳에 쪼그리고 앉아 잠을 청했다.

몇몇 사람이 잠을 자지 않고 낮은 목소리로 속삭였다.

"배라면 틀림없이 관부연락선이야."

"일본 가면 다 죽어. 개죽음이라고."

"쉿! 이게 마지막 기회야."

태오는 늦은 밤까지 수군대는 소리를 듣다 꾸벅꾸벅 잠에 빠져들었다.

"조센징이 도망갔다!"

"젠장! 몇 명이야?"

일본군이 창고 문을 세차게 열어젖혔다. 아침 햇살이 폭포처럼 쏟아져 들어와 눈이 부셨다. 어젯밤 몇 명이 달아났다며 난리를 피웠다.

'이왕 도망친 것 꼭 살아남았으면 좋겠다.'

태오는 언젠가 도망가다 잡히면 형무소 간다는 말을 들은 적이 있다.

밖에는 군인들이 주위를 빙 둘러싸고 경비는 더욱 삼엄해졌다.

다 같이 부둣가로 이동했다.

부산항에는 커다란 관부연락선이 기다리고 있었다. 콘론마루호. 커다란 증기선에 원통형 기둥이 높이 치솟아 있었다. 굴뚝에서 검은 석탄 연기를 연거푸 뿜어내고 있었다.

태오는 한 발 한 발 배에 올라타며 굳게 다짐했다.

'내 반드시 만복이를 찾아 살아서 조선으로 돌아올 거야!'

언제까지나 울고 있을 수 없었다. 만복이 혼자 전쟁터로 떠난 게 늘 마음에 걸렸었다. 어차피 이렇게 된 거 만복이를 찾겠다는 희망으로 떠나자고 마음먹었다. 두 번 다시 울지 않으리라 다짐했다. 그런 결심이 서자 슬프기보다 힘이 났다.

뿌 뿌우웅!

힘찬 뱃고동과 함께 배는 서서히 부산항을 벗어났다. 출렁이는 파도가 몰려와 뱃전에 부딪히자 배는 크게 꿈틀거리며 나아갔다.

태오 일행을 태운 배는 현해탄(대한해협)의 거친 파도를 넘어 남쪽으로 향했다.

일본 시모노세키항에 도착했다.

드디어 목적지에 도착했다고 생각했는데, 다시 모지코항으로 이동해 다른 배로 갈아탔다.

배는 다시 남쪽으로 달렸다. 벌써 며칠째 항해인지 모른다.

7월 한여름 땡볕에 선내는 가축우리처럼 덥고 퀴퀴한 냄새가 났다. 배 맨 아래 칸에 탄 조선인들은 끌려가는 노예 신세나 다름없었다. 작은 배에 많은 사람이 타 발을 펼 공간도 없었다. 누에 선반처럼 발을 펴지도 못한 채 오그리고 있어야만 했다.

배 안에서 준 주먹밥을 먹고 태오는 속이 울렁거려 갑판으로 올라갔다.

사방을 둘러봐도 푸른 망망대해였다. 육지에서 얼마나 멀리 떨어진 것일까.

상쾌한 바람에 울렁거리던 속이 좀 편해졌다.

웨-엥 웨에-엥.

갑자기 갑판 위의 사이렌이 요란하게 울렸다. 배 선원이 뛰쳐나오며 소리쳤다.

"미군의 공격이다! 얼른 내려가!"

태오는 후다닥 선실로 내려갔다.

사람들이 미 잠수함의 공격이 시작됐다고 웅성거렸다.

"아재, 무슨 일이에요?"

잔뜩 겁먹은 얼굴로 아저씨가 대답했다.

"미군 어뢰정이 이쪽으로 날아오고 있단다. 부딪히면 다 죽는 기라!"

'드디어 올 것이 왔구나.'

태오는 초조한 마음으로 온몸에 힘을 꽉 주었다.

날아오는 어뢰정을 피하느라 배는 뱀처럼 꿈틀대며 이리저리 휘청거렸다.

"으악!"

"아이구구! 이라다 죽겠다!"

배가 흔들리는 방향을 따라 사람들이 좌로 우로 쏠렸다. 내동댕이치듯 벽에 부딪히기도 했다.

"우웩!"

태오는 입을 틀어막고 더욱 웅크렸다. 식은땀이 났다.

따따따따.

하늘에는 정찰 비행기가 요란한 소리를 내며 쉴 새 없이 맴돌았다.

태오는 전쟁 한복판으로 다가왔다는 불안감에 십자가를 만지작거렸다. 마음속으로 간절히 기도했다.

얼마나 지났을까.

"휴, 이제 잠잠하네. 살았다."

간신히 어뢰정을 피한 배는 다시 항해를 시작했다. 언제 또 공격을 받게 될지 모를 일이었다. 낮에 항해하다 미군에게 발각되면 똑같은 일이 반복될 터였다. 대비책으로 낮에는 작은 섬 가까이 정박했다가 밤에만 몰래 이동하기로 했다. 따라서 항해 기간이 길어질 수밖에 없었다.

　그렇게 열흘간의 항해가 이어졌다.

　드디어 배가 멈췄다. 오키나와 나하항에 도착했다는 안내방송이 흘러나왔다.

　'맘 말씀대로 정말 오키나와로 왔네.'

　태오 마음속에 전쟁터로 왔다는 긴장감과 만복이를 찾겠다는 희망이 들쑥날쑥 드나들었다.

　"아이고, 죽다 살았데이. 두 번 다시 배 못 타겠다. 아직도 발이 후들거린다."

　아저씨가 앞서 걸어 나가며 말했다.

　태오도 걸을 때마다 사방이 빙글빙글 돌고 땅이 꿈틀대는 것 같았다.

　오키나와 하늘은 짙고 눈부시게 푸르렀다. 아열대기후의 뜨거운 햇살이 피부를 태워버릴 듯 뚫고 들어왔다. 조선의 여름

날과는 비교도 안 될 만큼 뜨거웠다.

멀리 수평선 가까이 바닷물은 군청색 물감을 풀어놓은 듯 짙푸른 빛이었다. 햇살을 받아 윤슬이 조용히 반짝였다. 모래사장에 가까운 바닷물은 비취색이었다. 해안가 모래들은 산호가 부서진 가루들로 새하얗게 빛났다. 파도가 밀려와 커다란 바위에 부딪히면 방울방울 부서진 파도가 하늘 높이 솟구쳤다.

전봇대처럼 우뚝 솟은 나무가 여기저기 줄지어 있었다. 잔가지 하나 없이 곧게 뻗었는데, 나무 기둥 끝에만 푸른 잎사귀를 달고 있었다. 더위를 달래 주려는 듯 바람에 일렁거렸다.

'이렇게 평화로운 곳에 전쟁이라니……'

태오는 아름다운 풍경에 잠시 넋을 잃고 바라보았다.

나하항에서 조선인들은 여러 무리로 갈라져 흩어졌다.

"태오야, 꼭 살아서 돌아가야 한데이."

"아재도 조심히 가세요. 꼭 건강하시고요."

상주에서 온 아저씨는 다른 섬으로 떠났다.

태오는 그새 정이 들어 서운한 마음이 들었다.

9
오키나와의 소년 군부

태오 일행은 완장 두른 군인을 따라 걸었다. 나하항의 크고 작은 배들이 정박한 곳을 지나 창고가 늘어선 넓은 공터에 다다랐다.

황군 모자를 쓴 일본 군인이 앞에서 소리쳤다. 견장과 모자에 두른 빨간 띠가 선명했다.

"나는 오자키 지휘관이다! 너희 군부들의 임무는 나하항에 도착한 배에서 상자를 내려 창고로 운반하는 것이다. 최선을 다하도록!"

태오는 그 먼 길을 힘들게 왔는데, 지금 당장 일하라니 참 매정하다 생각했다. 이제부터는 나약한 생각은 하지 말자고 다짐했다.

군부들은 지휘관이 가리키는 배로 올라갔다. 화물칸에는 상자들이 산더미처럼 쌓여 있었다. 일단 짐을 육지에 다 내려놓고 나서 창고로 옮기기로 했다.

태오가 상자를 들어 올리려 하자 꿈쩍도 하지 않았다.

"뭐가 들었길래 이렇게 무거울까요?"

수건을 목에 두른 아저씨가 다가와 상자를 둘러보며 말했다.

"이게 다 전쟁 물품 아니가."

상자에는 전쟁에 쓸 총알, 폭탄 같은 무기와 식량 등이 들어 있었다.

태오가 끙끙거리며 상자를 들어 올리자, 다리가 휘청거렸다. 학교에서 돌멩이가 든 상자로 수없이 연습 훈련을 했는데도 실제 탄약이 든 상자는 비교도 되지 않을 만큼 묵직했다.

"어, 어……."

태오 다리가 꼬여 상자를 떨어뜨릴 것 같은 상황이 되었다.

"아이구, 우리 꼬맹이 발등 찍겠다."

어떤 형이 다가와 상자를 받쳐 주었다. 둘이서 상자를 맞잡고 배에서 내려왔다.

"야! 거기 두 놈, 장난하냐? 상자 하나씩 들지 못해?"

오자키 지휘관이 득달같이 달려와 눈을 번뜩이며 소리쳤다.

"좀 봐주쇼. 보다시피 아직 코찔찔이 아닙니꺼?"

형이 이마의 땀을 닦으며 말했다.

"뭐야? 이 자식! 태도가 불량하잖아!"

오자키 지휘관이 군홧발로 형을 걷어찼다.

"아이쿠!"

형은 그만 고꾸라져 나가떨어졌다.

"죄송해요. 하나씩 들게요."

태오가 형을 가로막으며 사정했다. 서러움이 몰려왔지만 이를 악물었다.

"에이씨! 피도 눈물도 없는 놈!"

형이 일어나며 투덜거렸다.

다시 배로 짐을 가지러 가며 형이 이름을 물었다.

"임태오요. 열세 살이고요."

형은 김두칠이라고 했다. 형의 막내랑 태오가 같은 나이라고도 했다.

"태오야, 힘내라! 이 헹님이 도와줄게."

두칠 형이 태오 어깨를 꽉 끌어당기며 주먹을 쥐어 보였다.

짐은 날라도 날라도 끝이 없었다. 몇 번을 배에 오르락내리락하고 나니 땀이 비 오듯 흘렀다. 오키나와의 한여름 햇살이 칼날처럼 등에 내리꽂혔다. 피할 그늘조차 없었다.

해가 지고 나서야 겨우 숙소에 돌아와 저녁 식사를 했다. 현미밥과 단무지 몇 조각이 나왔다. 그마저도 밥 한 공기를 둘이 나눠 먹으라고 했다.

"이걸 밥이라고 주는 거야?"

"땡볕에 죽어라 일했는데, 이걸 먹고 어떻게 견디노?"

사람들은 밥상을 보고 한마디씩 불평을 늘어놓았다.

두칠이 형도 밥숟가락을 들며 한마디 했다.

"일본군은 쌀밥 먹는데 우리는 현미밥을 주다니. 젠장! '내선일체'는 무슨?"

태오는 허겁지겁 단숨에 먹어 치웠다. 이내 배가 고팠다.

낯선 곳에서 첫 밤을 맞이했다.

태오는 너무 피곤해서 바닥에 등을 대자마자 금세 잠이 들었다.

전쟁 물자를 실은 배가 항구에 연달아 들어오다 보니 작업량은 나날이 늘어났다. 밤새워 일하는 날도 있었다. 하지만 힘든 노동보다 더 무서운 건 배고픔이었다. 먹을 것이 점점 줄어들어 때로는 주먹밥 하나로 끼니를 때웠다. 굶주린 배를 움켜쥐고 잠을 청하는 날도 많아졌다.

태오는 오키나와의 어느 하늘 아래에 있을 만복이를 떠올렸다.

'이제껏 굶어본 적 없는 만복이는 얼마나 배고플까?'

더위라도 좀 누그러지면 좋을 텐데 오키나와의 여름은 끝날 줄 몰랐다.

이윽고 짐을 싣고 왔던 배가 모두 떠났다. 이제 좀 쉬려나 생각했는데 착각이었다.

"이제부터 동굴 진지를 구축하는 일에 투입된다!"

군부들은 오자키 지휘관을 따라 산속으로 들어갔다. 험하고 높은 산들이 이어져 있고 나무가 무성하게 자라 있었다.

감독이 곡괭이와 삽을 하나씩 나눠주며 소리쳤다.

"여기다 동굴 진지를 구축한다! 이는 일본 승리를 위한 것이

므로 최선을 다해야 한다!"

'이런 산속에 굴을 판다고?'

태오 입이 쩍 벌어졌다.

"아니 달랑 곡괭이와 삽만으로 동굴을 파라고?"

군부 아저씨들이 수군거렸다.

태오가 생각해 봐도 이건 말이 안 되는 일이었다. 제대로 된 장비도 없이 곡괭이와 삽만으로 산을 깎아 동굴을 만들라니 기가 막혔다. 그야말로 '계란으로 바위 치기' 식이었다. 하지만 군부들은 명령에 따르지 않을 수도 없는 노릇이었다.

태오가 아저씨들을 따라 곡괭이를 힘껏 내리찍었다.

캉! 캉! 캉!

바윗돌에 부딪혀 곡괭이 끝에 불꽃이 튀었다. 파도 파도 돌 산으로 도무지 파낼 수 있을 것 같지 않았다.

'이렇게 단단한데 어느 세월에 동굴을 만들지?'

태오는 불가능한 일이라 생각했다.

아저씨들이 머리를 맞대고 궁리했다.

"아무리 봐도 바윗돌투성이 산인데 어떡하지요?"

"일단 나무를 먼저 쳐내고 풀더미도 뽑읍시다."

"좋습니다. 그렇게 해봅시다."

아저씨들이 곡괭이로 나무를 찍어냈다.

태오는 잔가지를 주워 치우거나 풀포기를 뽑아냈다. 곡괭이로 파낸 흙을 삽으로 부지런히 퍼 날랐다.

잠시 휴식 시간을 가졌다.

아까부터 생각에 빠져 있던 태오가 두칠 형에게 물었다.

"형, 진짜 궁금한 게 있는데요. 이런 곳에 왜 동굴을 만드는 거예요? 그리고 미군이 오키나와에 쳐들어온다는 걸 일본이 어떻게 알아요?"

두칠 형이 싱긋 웃으며 말했다.

"우리 막내 궁금한 게 많네. 니 일본이 미국 땅 하와이를 공격한 거 아나? 벌써 삼 년 다 돼가는데."

"네. 1941년 12월 7일 일본이 진주만을 공격했다고 학교에서 배웠어요."

"오! 똑똑하네. 그 큰 나라가 쪼맨한 일본한테 당했으니 미국 자존심이 얼마나 상했겠노? 가만둘 리가 없지. 그래서 복수에 나선 기라."

형은 크게 손짓 몸짓을 해가며 말했다. 그래서 태평양에 있는 일본이 점령한 섬나라들을 미국이 하나하나 공격해 승리하고 일본군은 죄다 패전했다고 했다.

"한마디로 일본은 궁지에 몰린 쥐 꼴이 된 기라. 마지막 남은 곳은 딱 하나. 어디겠노?"

"일본요?"

"그렇지!"

형이 크게 고개를 끄덕였다.

"그런데, 일본 본토를 공격하면 될 걸 왜 오키나와로 온다는 거예요?"

"그게 핵심인 기라. 태평양 한복판에 있는 하와이에서 일본을 공격하려면 거리가 어마어마하니까 문제가 많은 거지."

연료나 시간이 엄청나게 들고 전투기도 한 번에 날아오르기 힘들다. 오키나와는 태평양 섬들과 일본 본토 사이에 있는 제일 큰 섬이므로 미군이 여기를 먼저 공격해 군사기지로 삼으려 한다. 그래야 일본 본토 공격이 훨씬 쉬워질 테니까. 일본이 이처럼 예측한다는 것이다.

"요전에 나하항에서 하역 작업할 때 들었는데 비행장도 수십 개 만든다 카더라."

두칠이 형이 숨 가쁘게 설명을 늘어놓았다.

"비행장은 왜요?"

"군용 비행장을 많이 만들어가 하늘에서 미군을 향해 꽝! 할라는 거지."

그제야 태오는 모든 상황을 대충 이해할 수 있었다.

"아! 산에 동굴을 파는 이유도 알 것 같아요. 해안가가 훤히 내려다보이는 동굴에 숨어 미군이 상륙하면 공격할려고."

"그래, 그렇다니까."

두칠이 형이 맞장구쳤다.

이야기하는 사이에 검은 구름이 몰려오더니 한차례 여우비가 시원하게 지나갔다. 숲이나 바위틈에 난 풀들이 더욱 푸르렀다. 멀리 바다 물빛도 온통 옥색으로 곱기만 했다.

"형, 다 알겠는데 아직도 딱 하나 이해 안 되는 게 있어요."

형이 뜻밖이라는 얼굴로 태오를 바라보았다.

"이 헹님의 완벽한 설명에도 모르는 게 있다꼬? 허허."

"미국과 일본이 싸우는데 왜 조선인까지 휘말려 이 고생을 하는 걸까요?"

형 낯빛이 어두워졌다. 항상 당당하고 자신감에 차 있던 형이었는데.

"휴! 한마디로 고래 싸움에 새우 등 터지는 꼴이지. 이 상황이. 너처럼 어린아까지 끌려왔으니 이건 정상적인 세상이 아닌 기라. 그저 나라 잃은 처지를 한탄할 수밖에."

두칠 형이 벌떡 일어나 화풀이하듯 곡괭이를 마구 내리쳤다.

태오는 형이 파낸 길을 따라 묵묵히 삽으로 흙을 퍼 날랐다.

40도가 넘는 뜨거운 날씨에도, 말도 안 되는 공사는 착착 진행되었다. 하루에 열 시간이 넘는 죽음과 같은 노동이었다. 두더지처럼 땅속 깊이 들어가 횃불을 켜 놓고 일했다. 천장에서는 물이 뚝뚝 떨어졌다. 천장이 무너지지 않게 군데군데 갱목으로 기둥을 세우는 것도 잊지 않았다.

태오 손바닥에도 어느새 물집이 생기고 딱지가 앉았다. 새살이 돋아났다가 다시 벗겨지기를 반복했다.

"으악! 지, 지네다."

바닥에 깔아놓은 가마니 속에서 지네가 기어 나왔다. 놀란 태오가 벌러덩 자빠졌다.

"아이고, 우리 막내. 지네가 그리 무섭나?"

태오 행동이 우스꽝스러운지 두칠이 형 얼굴에 잠시 웃음꽃이 피어났다.

군부들의 피땀으로 동굴은 점점 깊이 파여갔다. 직접 만들고도 믿기지 않는 일이었다.

'이런 생활이 반복되면 언제 만복이를 찾을 수 있지?'

태오는 다람쥐 쳇바퀴 도는 듯한 생활이 계속 이어진다면 만복이를 영영 찾을 수 없을 것 같았다. 어떻게든 기회를 만들어야 한다고 다짐했다.

10
나뒹구는 사자상

시월의 어느 새벽, 짙푸른 남색 수평선에 붉은 해가 조용히 떠올랐다.

불행한 예측은 그대로 들어맞았다.

나하시 하늘에 메뚜기떼 같은 전투기가 날아들었다. 빗발치듯 폭탄을 퍼부었다.

쾅! 콰쾅! 쾅! 피이융 쾅!

"공습이다!"

드디어 미군의 대규모 공격이 시작되었다. 오키나와에 비행장과 동굴 진지 공사가 진행된다는 걸 알고 폭격을 퍼부은 것이라고 했다.

피이융 콰과쾅!

"으악!"

여기저기서 폭탄이 터지고 파편이 날아다녔다. 고막이 터질 듯한 굉음 속에 온 신경이 쭈뼛 섰다.

'이렇게 죽을 순 없어.'

태오는 어떻게 해야 할지 몰라 갈팡질팡했다. 안전한 곳을 찾지 못해 오들오들 떨었다. 학교에서 방공호로 대피하는 훈련을 했지만, 막상 닥치고 보니 머릿속이 텅 빈 것처럼 하얘졌다. 아무 생각도 나지 않았다.

"두칠이 형!"

"태오야, 이리 온나!"

형이 땅이 움푹 파인 곳으로 태오를 불렀다. 태오는 몸을 바짝 낮추었다.

그때 지휘관이 소리쳤다.

"무기 창고에 불이 났다!"

두 사람은 할 수 없이 다시 뛰어나갔다. 물통을 찾고 물을 나르며 군부들은 허둥댔다. 불을 끄느라 온몸이 연기에 그을려

새까맣게 되도록 한바탕 소동이 났다. 그런 가운데도 매캐한 냄새가 온 하늘을 뒤덮고 여기저기 포탄이 떨어졌다.

콰! 콰쾅! 쾅쾅쾅!

폭격은 한나절 내내 이어졌다.

조용한 밤이 찾아왔다. 하지만, 기억까지 사라진 건 아니었다. 처음으로 죽을 수도 있다는 불안과 초조감은 여전히 태오의 온몸을 휘감고 있었다.

이튿날 새벽, 지휘관이 군부들을 불러 모았다.

"너희 군부들은 오늘 두 조로 나뉘어 작업한다. 한 조는 지금처럼 동굴 공사에 가고, 또 한 조는 나하시로 가서 어제 폭격당한 시가지를 복구하는 작업에 투입된다!"

태오는 만복이를 찾을 기회일지 모른다고 생각했다.

"형, 저랑 바꿔 주세요. 내 친구를 찾아야 해서요."

"요전에 니가 말한 만복이?"

"네."

두칠이 형 대신 태오가 나하시 복구 작업에 가기로 했다.

군부들은 덜컹거리는 트럭을 타고 나하시 중심가로 향했다.

태오는 눈 앞에 펼쳐진 광경을 믿을 수 없었다.

'아! 그 아름답던 거리가 이렇게 되다니.'

불 폭탄이 휩쓸고 간 마을과 거리는 시커멓게 불탄 자리만 남았다. 제대로 남아 있는 건물이 없을 정도였다. 그야말로 잿더미가 된 벌판이었다.

군데군데 매캐한 연기가 아직도 피어오르고 '시사상(사자상)'이 거리에 나뒹굴었다. '복을 부르고 마을을 지키는 수호신'이라 하여 집집마다 지붕에 놓여 있던 것이었다. 집을 잃은 사람들이 길거리를 헤매고 있었다.

트럭에서 내려보니 오키나와에 있는 군인은 다 모인 것 같았다.

"살려줘요!"

다친 사람들이 살려달라 비명을 질렀다.

"여기 사람이 깔렸어요!"

소방관들이 우르르 몰려가 불탄 건물에 깔린 사람을 수색했다.

군부들은 폐허가 된 시가지를 복구하느라 분주하게 움직였다. 어디부터 손을 대야 할지 모를 정도로 할 일이 많았다. 쓰러진 건물의 나무 기둥들과 잿더미 그리고 파편들을 치우고 길가에 널려 있는 잔해물을 걷어내야 했다.

태오는 길가 통행을 막고 있는 잔해물을 한쪽으로 치웠다. 그러면서도 다른 부대에 속한 조선인 군부들이 있나 살폈다.

'있어! 역시 내 생각이 맞았어.'

좀 떨어진 곳에 처음 보는 조선인 군부들이 있었다. 태오는 만복이를 만날지도 모른다는 희망에 부풀었다.

다들 정신없이 일하는 가운데 태오는 조선인들 쪽으로 갔다. 삽으로 쓰레기를 치우는 척하면서 조심스레 다가갔다.

"아저씨, 조선인이시죠? 혹시 군부 중에 만복이라고 있어요?"

"글쎄, 모르겠는데."

기와나 유리 파편들을 쓸어 담던 아저씨가 시큰둥하니 대답했다.

그렇다고 포기할 수 없었다. 태오는 만나는 군부마다 만복이를 아냐고 물었다. 그야말로 '경성부에서 김 서방 찾기'인지도 몰랐다. 점점 자신이 속한 부대에서 멀어져 돌아가야 한다는 조바심에 속이 탔다.

불탄 기둥을 어깨에 메고 걸어가는 군부가 있었다.

"아저씨, 혹시 군부 중에 만복이라고 있어요?"

"만복이? 그래, 있지."

"정말요? 내 또래요."

아저씨가 태오를 위아래로 훑어보고 말했다.

"네 친구라고? 만복이는 키가 큰데?"

"전만복 맞아요?"

아저씨가 고개를 끄덕였다.

"만복이 지금 어디 있어요?"

그때 호각 소리가 '삑삑' 들려왔다. 군부들 각자 위치로 돌아오라는 신호였다.

태오는 망설였다. 만복이를 만나야 하는데, 돌아가지 않을 수도 없었다. 아쉬웠다.

"아저씨, 만복이한테 친구 태오도 오키나와에 있다고 전해주세요. 꼭이요."

그렇게 부탁하고는 자기 군부들이 있는 곳으로 서둘러 달려갔다.

'만복이가 여기 있다는 걸 확인했으니 그나마 다행이야.'

삶과 죽음을 넘나드는 작업이 계속되는 가운데 새해를 맞았다.

태오는 처음 떠오르는 해를 바라보며 만복이를 만나게 해달라고 빌었다. 또한, 꼭 조선으로 돌아가게 해달라고도 빌었다.

조선에서는 '꽃피는 삼월'이라고들 하지만, 오키나와에서는 일월이면 벚꽃이 피었다. 그것도 북쪽에서 먼저 피어 점차 남쪽으로 내려오며 꽃을 피웠다. 태오 자신이 조선에서 얼마나 멀리 떠나와 있는지 또 한 번 실감했다. 지구 끝에 버려진 느낌이 들었다.

태오는 벚꽃을 바라보다 문득 맘이 생각났다.

"미국 고향에서는 좀처럼 못 보던 꽃이야. 달빛에 보는 벚꽃은 정말 아름다워."

매년 벚꽃이 흐드러지게 피면 맘은 행복해하곤 했다.

'맘이랑 태희는 잘 있을까?'

태오 눈시울이 붉어졌다.

드디어 산속의 동굴 진지가 완성되었다. 동굴 안은 수 킬로나 되는 길이에 거미줄처럼 서로 얽혀 있었다. 군사령부가 들어서고 사무실, 야전병원, 군인 숙소 등으로 사용할 모양이었다.

'동굴 공사가 끝났으니 이제 만복이가 있는 데로 가면 좋은데.'

태오는 만복이와 만날 수 있기를 간절히 바랐다. 하지만, 기대와 달리 이번에는 전투부대에 편입되었다. 일본군을 따라다니며 허드렛일을 하기 위해 그야말로 전쟁터 한복판으로 들어가게 된 것이다. 태오는 크게 실망했다.

11

날아드는 포탄

"중위님! 큰일 났습니다."

병사 하나가 헐레벌떡 뛰어오며 보고했다.

"웬 소란이야?"

"저기 수평선 쪽을 보십시오."

마에다 중위가 바다를 쳐다보고는 심상치 않은지 망원경으로 살폈다.

"미군 함대가 몰려오고 있다!"

중위가 병사들과 군부를 향해 소리치며 명령했다.

"다들 '가마(해안가에 생긴 자연 동굴)' 안으로 대피해라!"

오키나와 해안가에는 산호초가 많아 크고 작은 석회암 동굴이 많았다. 그런 자연 동굴을 '가마'라 불렀다. 가마 속에 숨으면 적의 폭격을 피할 수 있고 또한, 숨어서 공격 태세를 갖출 수 있는 장점이 있었다.

　일본군을 따라 군부들도 신속하게 대피했다.

"태오야, 탄약통 들고 따라온나!"

　두칠이 형이 총알이 든 상자를 두 개나 어깨에 둘러메고 앞서 달렸다.

　태오는 부리나케 뒤쫓아갔다. 탄약통에 어깨가 쓸리는 줄도 모르고 달렸다.

　간신히 해안가 가마 입구에 다다랐다.

　병사들이 총을 들고 앞서서 동굴 안으로 들어갔다. 조심스러운 발걸음에 긴장감이 고조되었다. 안에서 웅성거리는 소리가 들렸다.

"누구냐?"

　병사가 소리쳤다.

　놀랍게도 가마 안에는 오키나와 주민들이 몰려와 이미 대피하고 있었다. 지난해 폭격으로 집을 잃고 갈 곳 없는 사람들이었다. 또다시 몰려올 미군 공습이 두려워 떨고 있었다.

병사들이 주민들에게 총부리를 겨누며 소리쳤다.

"명령이다! 어서 가마에서 나가라!"

주민들은 술렁거렸다.

"왜 이러십니까? 이제 곧 포탄이 쏟아질 텐데 우리더러 나가라는 겁니까?"

"벌써 몇 개월째 여기서 지내고 있어요. 집도 없는데 대체 어디로 가란 말입니까?"

주민들이 손을 빌며 사정했다. 놀란 어린아이들이 울어 댔다.

병사가 총부리를 바짝 들이밀며 소리쳤다.

"일본군이 먼저다!"

팽팽한 대치 상황이 벌어졌다.

갑자기 일본 병사 중 한 사람이 주민들 앞을 막아서며 애원했다. 키 작은 소년병이었다.

"살려 주세요! 다 같은 우리 형제 가족 아닙니까? 여기 오키나와 주민들도 본토 일본군을 환영하고 일본 승리를 위해 애써 왔습니다."

총 든 병사가 벌컥 화를 내며 소리쳤다.

"히요시! 너 안 비켜?"

히요시가 더 완강하게 버티자, 병사가 다시 명령했다.

"비켜! 같은 오키나와 사람이라고 명령을 어길 셈이냐?"

히요시가 물러서지 않자, 병사가 개머리판으로 등을 사정없이 내리쳤다.

히요시는 땅에 나뒹굴며 고통스러워했다.

태오가 손을 내밀어 히요시를 일으켜 세웠다.

"괜찮아?"

태오가 옷에 묻은 흙을 털어 주었다.

히요시는 고통스러워 허리를 펴지 못한 채 휘청거려 태오가 팔짱을 끼며 부축했다.

히요시는 어금니를 꽉 깨문 채 슬픔과 분노에 가득 찬 눈빛으로 상황을 지켜보았다.

또 다른 병사들이 앞다퉈 말했다.

"주민들이 밖으로 나가면 스파이 노릇을 할지도 모릅니다. 우리가 여기 숨어 있다고 미군에게 말입니다."

"그놈의 스파이, 스파이……."

히요시가 중얼거렸다.

총 든 병사가 단호한 말투로 말했다.

"중위님, 곧 전투가 시작될 텐데, 안전한 장소를 확보하는 것이 더 급합니다."

마에다 중위가 잠시 고민하다 입을 열었다.

"우리의 임무는 일본을 지키는 것이다! 그러니 군이 먼저다. 주민들은 나가시오!"

"뭐요? 우리를 총알받이로 내몰 셈이요?"

주민들은 납득하지 못하겠다며 항의했다. 살려달라고 발버둥을 쳤다.

탕! 탕탕!

병사가 총을 쏘았다. 놀란 주민들이 가마 밖으로 흩어져 나갔다.

"에이씨!"

히요시가 몸을 부르르 떨며 옷소매로 눈물을 훔쳤다.

긴긴 하루가 지나고 가마 속에서 밤을 맞이했다.

태오는 탄약을 들고 이동하느라 지치고 긴장한 하루를 보냈다. 쉬고 싶은 마음은 간절했지만, 아직 할 일이 남아 있었다.

"군부! 뭐 해! 분뇨통 꽉 찼어. 얼른 비워 와!"

가마 안에는 화장실이 없어 통에다 대소변을 봤다.

태오는 오줌통을 비우러 가마 밖으로 나갔다. 하늘을 올려다보니 바닷가라 그런지 별들이 유난히 반짝거렸다.

'저 별은 조선 하늘에서도 보일까?'

그런 생각을 하다가도 태오는 애써 그만두었다. 눈물이 날 것 같아서였다.

태오가 가마로 돌아가다 우뚝 발길을 멈추었다. 해안 저편에 누군가 움직이는 게 보였다. 자세히 보니 태오처럼 통을 들고 있는 것 같았다.

'같은 조선인 군부?'

태오는 자신의 통을 내려놓고 그리로 냅다 뛰어갔다.

"아저씨, 조선인이죠?"

"그래. 너도 군부로구나. 쯧쯧. 어린 것이."

태오는 아저씨 부대에 만복이가 있는지 물었다.

"그런 사람 없는데. 하지만 여기 가마가 한둘이 아닌 모양이더라. 저기 반대편 쪽에서도 사람이 나오던 걸."

"그럼, 다른 군부들도 다 여기로 왔을까요?"

"그럴지도 몰라. 바다에 뜬 미군 배 봤지? 그 엄청난 배를 보고 피하지 않을 방도가 있겠냐?"

태오는 내일 다시 만복이를 찾겠다는 다짐으로 가마로 발걸음을 되돌렸다.

일본군은 가마 속에서 공격 태세를 갖추었다. 가마 입구는 눈에 띄지 않도록 나뭇가지와 풀로 가려놓고 모두 숨죽여 기다렸다.

바다에 진을 친 미군은 며칠째 펑펑 함포를 쏘아댔다.

4월 첫날 아침이 밝았다.

드디어 미군이 오키나와 해안에 상륙했다. 아름다운 바닷가에 커다란 함선이 무리 지어 다가왔다. 어림잡아 천여 척이 넘어 보였다. 그러고는 해안가에 도착한 함선 속에서 작은 배들이 쏟아져 나오더니 이내 대포를 실은 장갑차로 변해 모래사장을 달려오는 것이 아닌가.

"우아! 무기 죽인다."

두칠이 형이 탄성을 질렀다.

"형, 저런 무기도 있었어? 들어본 적도 없어."

태오는 첨단 무기를 보고 눈을 의심했다.

그뿐만이 아니었다. 장갑차 속에서 총을 든 군인들이 개미 떼처럼 쏟아져 나와 긴장감은 더욱 고조되었다.

일본군은 그 엄청난 미군의 규모와 위력 앞에 위축되지 않을 수 없었다. 병사들은 바짝 긴장한 채 공격 태세를 갖추었다.

피융. 퍼버벙! 쾅!

그때 바다에 머물러 있는 함선에서 쏜 포탄이 육지를 향해 날아왔다. 포탄이 떨어지는 소리가 여기저기서 잇달아 들려왔다.

가마 안에서도 쿵쿵거리는 소리에 귀가 아플 지경이었다. 포탄이 터질 때마다 가마 안까지 섬광이 번쩍이고 천장에서는 흙이 와르르 쏟아졌다.

'이제 진짜 전쟁이 시작되나 봐.'

태오는 마음을 다잡았다.

드디어 마에다 중위가 공격 명령을 내렸다.

"박격포 공격 준비!"

"발사!"

쾅! 콰과쾅!

굉음이 사방에 울려 퍼졌다. 가마 안이 우르릉 울었다.

따따따따따……!

일본군이 쏜 기관포가 요란한 소리를 내며 총탄이 빗발치며 날아갔다. 이쪽에서도 맹렬히 공격을 퍼부었다.

"군부! 탄약 더 가져와!"

마에다 중위가 소리쳤다.

태오는 가마에서 나와 반사적으로 무기고로 달려갔다.

'맘! 살려 줘요.'

포탄이 빗발치는 터라 어디로 날아올지 모르는 상황이었다. 탄약 상자를 어깨에 메고 포탄 속을 뛰었다. 목숨을 내놓은 것이나 다름없었다.

치열한 공방이 이어졌다. 이쪽에서 아무리 공격해도 엄청난 파괴력을 가진 공격으로 되돌아왔다. 미군의 강한 무기 앞에 그야말로 속수무책이었다.

팽팽한 긴장 속에 밤을 맞이했다.

'이러다 정말 다 죽는거 아닐까?'

태오는 불안한 마음을 지울 수 없었다.

온종일 긴장한 탓에 바깥바람이라도 쐬어야 기분이 나아질 것 같았다. 물통을 들고 가마 밖으로 나갔다.

총성은 사라졌지만, 그로 인한 공포는 아직도 뼛속 깊이 울림이 남아있었다. 사방에서 나는 화약 냄새가 이를 증명하듯 코끝을 자극했다.

둥그런 달빛만은 여전히 바다를 포근하게 감싸고 있었다. 태오는 파도가 밀려왔다 사라지는 걸 하염없이 바라보다 어제 만난 군부 아저씨 말이 떠올랐다.

다른 가마를 찾아 헐레벌떡 뛰었다.

'저기 사람이다.'

태오가 다가가자, 아저씨가 흠칫 뒷걸음쳤다.

"아저씨!"

"아이고, 식겁했네. 미군인 줄 알았다."

물통에 가득 든 물이 출렁거렸다.

"혹시 아저씨 부대에 전만복이라고 있어요?"

"그래, 있지. 좀 전에 통 들고 나가던데. 바닷가 쪽으로"

태오는 어둠 속을 마구 달려갔다.

'드디어 만나는구나.'

그때 어떤 사람이 바닷가에 웅크리고 앉아 있는 게 보였다.

자세히 보니 바닷물에 머리를 들이밀고 짠물을 마구 퍼마시는 것 같았다.

"안 돼요! 목말라 죽는다고요!"

태오가 소리치며 달려가 뜯어말렸다.

"배고파 죽으나 목말라 죽으나 똑같다고!"

제정신이 아닌 듯 울부짖던 사람이 돌아서며 말했다.

"너…… 너! 만복이지?"

두 사람 눈이 딱 마주쳤다.

"어? 태오! 태오야, 흐엉엉!"

둘이 부둥켜안고 봇물 터지듯 울음을 터뜨렸다. 그간 몸과 마음을 짓눌렀던 서러움과 피곤함이 한꺼번에 쏟아져 나오는 것 같았다.

잠시 후, 모래사장에 어깨를 기대고 나란히 앉았다.

"태오 니도 여기 왔다는 말 듣긴 했는데……. 이제사 만났네."

태오는 무슨 말부터 해야 할지 몰랐다.

"만복아, 너는 중학생인데 어쩌다 끌려왔어?"

"학교 갔다 오는 길에 느닷없이 잡혀 왔다 아이가. 상상도 못

했데이."

달빛에 비친 만복이 얼굴은 그야말로 반쪽이었다.

가마로 이동한 후 식량 보급이 제대로 되지 않아 모두 배가 고파 쓰러질 지경이었다. 밥 대신 건빵 몇 개로 끼니를 때웠다.

"내사마 누가 이기든지 상관없다. 밥이나 실컷 묵었으면 좋겠다. 밥은 고사하고 건빵 몇 개가 말이 되나?"

만복이는 뭐라도 배 속에 채워 넣어야지 배고파 죽겠다고 울먹였다.

"잠깐. 만복아, 잠시만 기다려 봐."

태오 머릿속에 번쩍 떠오르는 게 있었다. 메꽃! 어제 오줌통을 비우러 나왔을 때, 근처에 갯메꽃이 무리 지어 피어 있던 게 생각났다.

메꽃은 겨울철 눈보라가 치면 꽃줄기가 얼어 죽은 것처럼 보이다가도 땅속줄기는 끈질기게 살아남아 봄이 되면 연분홍 꽃을 곱게 피우곤 했다. 태오는 그런 메꽃이 좋았다. 이전에 밭일을 도왔을 때, 소가 끄는 쟁기가 흙을 갈아엎으면 메꽃의 하얀 뿌리가 투두둑 딸려 나왔다. 메꽃 뿌리를 씻어 먹으면 생고구마 맛이 나 먹을 만했었다.

태오가 저벅저벅 어둠 속을 걸어갔다. 하얀 달빛을 뒤집어쓴 갯메꽃이 등불처럼 환히 빛났다. 그렇게 반가울 수가 없었다. 메꽃 넝쿨을 세게 잡아당겼다. 척박한 바닷가에 단단히 내린 뿌리는 매우 질겼다. 흙을 털어내고 바닷물에 씻어 만복이에게 내밀었다.

"고구마라고 생각하고 이거라도 먹어 봐."

만복이가 입안 가득 욱여넣고 허겁지겁 씹어 먹었다.

"만복아, 약속하자! 우리 꼭 살아서 돌아간다고. 아무리 힘들어도 참아야 해!"

만복이는 말없이 고개만 끄덕였다. 보나 마나 만복이는 울고 있을 터였다.

태오 또한 그렁그렁 고인 눈물을 들키고 싶지 않았다. 밤하늘의 별을 올려다보며 눈을 껌벅였다. 뿌옇게 퍼진 별빛이 힘없이 반짝이고 있었다.

그간 쌓인 이야기가 너무도 많았다. 이 낯설고 무서운 생지옥 속에서 이제야 마음 기댈 곳이 생겨 참 다행이라 생각했다.

두 사람은 내일 같은 시간에 다시 만나기로 하고 헤어졌다.

12
소년병 히요시

가마 안으로 돌아오니 분위기가 어수선했다.

"태오야, 와 이리 늦었노?"

두칠이 형이 걱정했다는 표정으로 물었다.

태오가 입술에 손가락을 대고 목소리를 낮추었다.

"친구 만났어요. 만복이. 그런데, 무슨 일이에요?"

"오늘 미군 폭격으로 피해가 이만저만이 아니란다. 요미탄에 만들어놓은 비행장도 다 박살 났다며 난리다 난리."

형이 눈치를 보며 나직이 말했다.

마에다 중위가 모두를 모아놓고 명령했다.

"산에 파 놓은 동굴 진지로 즉시 이동한다! 적의 공격이 없는 밤에 이동해야 하니 서둘러라!"

해안선 방어는 포기하고 산속 동굴 진지에서 공격하겠다는 작전으로 바꾼 것 같았다.

"형! 겨우 만복이를 만났는데 또 이동하면 어떡해요?"

"그건 나중에 생각하고 일단 짐부터 챙겨라. 모포도 빠뜨리지 말고."

형은 가면서 이야기하자며 재촉했다.

태오는 할 수 없이 짐을 챙겼다. 만복이와 다시 헤어져야 한다니 기가 막혔다.

탄약 상자를 어깨에 둘러메고 한밤중에 험준한 바위산을 올랐다. 상자를 멘 어깨가 쓸려 살갗이 벗겨졌는지 군복에서 피가 스며 나왔다. 그래도 죽지 않으려면 걷고 또 걸어야 했다.

도착해 보니 이전에 태오 일행이 파 놓은 동굴이 아니었다.

"형, 우리가 판 동굴 아니네요."

"그러게. 한두 개만 팠겠냐? 조선인들만 개고생했겠지."

탄약통을 정리하고 나니 새벽녘이 되었다. 그제야 잠시 눈을 붙일 수 있었다.

'만복이도 이 근처 어딘가로 왔으면 좋겠는데……'

태오는 자리에 누워 이런저런 생각을 했다. 어떻게 해야 이 지옥 같은 상황에서 벗어날 수 있을지 막막했다. 그러다 언젠가 박 선생님이 하신 말씀이 생각났다.

"호랑이 굴로 들어가도 정신만 차리면 산다."

이 불행한 시대에 가장 필요한 정신이라고 했다.

'그래, 반드시 벗어날 기회가 올 거야.'

몸을 뒤척이자, 온몸이 여기저기 쑤셔 댔다. 하도 굶다 보니 배가 고픈 건지 아픈 건지 모를 정도였다.

옆 칸에는 히요시가 천장을 쳐다보며 잠을 이루지 못하고 있었다.

동굴 천장에서 물방울이 똑똑 떨어졌다. 규칙적인 리듬으로.

'하나, 둘, 셋……'

태오는 스르르 잠이 들었다.

날이 밝자 또다시 전투가 시작되었다.

펑펑펑!

미군 함대에서 쏜 포탄이 번쩍이는 섬광과 함께 산속까지 날아왔다. 동굴 근처의 나무들이 패여 날아가고 불길에 휩싸여 타올랐다. 매캐한 연기가 동굴 안까지 흘러들어왔다.

마에다 중위는 풀로 가려 놓은 동굴 입구에서 망원경으로 밖의 상황을 지켜보았다. 미군 병사들이 무리 지어 동굴 진지를 향해 산을 기어오르고 있었다.

"자! 지금부터 총공격이다. 전투 준비!"

모두 총탄을 장착하고 숨죽여 기다렸다.

철모를 쓰고 얼굴에 위장크림을 바른 미군들이 나타났다. 파란 눈을 번뜩이며 총부리를 이리저리 향하며 조심스레 다가왔다.

"조금만 더 가까이 와. 조금만……."

마에다 중위가 숨죽여 기다렸다. 드디어 미군들이 코앞까지 다가왔다.

"이때다! 발사!"

따따따따 따따따따.

기관포의 총알이 불을 뿜어 대며 튕기듯 쏟아져 나갔다.

"죽여버리겠어!"

일본군들이 이를 갈며 미군을 향해 동굴 밖으로 뛰쳐나가 공격했다.

미군의 반사 공격도 이어졌다. 요란한 총성이 산 전체에 울려 퍼졌다. 나무들이 날아가고 땅이 패었다. 사람들이 공중으로 횡 날아오르고 비명을 지르며 쓰러졌다.

급기야 미군이 화염 방사포를 쏘았다. 쉭 하는 소리와 함께 불기둥이 쭉 뻗어 나와 사방을 불바다로 만들었다. 그 불기둥은 뱀의 혀처럼 시뻘건 불길이 되어 동굴 안까지 뚫고 들어왔다.

"으악!"

입구에서 기관포를 쏘던 병사 몸에 불길이 붙어 활활 타올랐다.

태오는 지옥 불을 보는 것 같아 눈을 감아버렸다. 다리가 덜덜 떨렸다. 할 수 있다면 지하동굴 가장 깊숙한 곳으로 도망치고 싶었다.

두려워 떠는 병사들을 향해 마에다 중위가 목소리 높여 외쳤다.

"물러서선 안 된다! 지금이야말로 용기를 발휘할 때다! 적이 이 섬을 점령하면 저들은 오키나와를 기지로 삼아 일본 본토를 공격할 것이다. 사랑하는 가족을 지키기 위해 목숨 바쳐 싸워라!"

"천황폐하 만세!"

병사들이 한목소리로 외쳤다.

다시 격렬한 교전이 이어졌다.

전투가 치열해지자 죽거나 다친 병사들로 사방이 아수라장이 되었다. 동굴 안 공기가 매캐한 냄새로 가득해 기침이 연달아 나왔다.

동굴 내에 있는 야전병원은 부상병으로 넘쳐났다. 화염 방사포에 전신 화상을 입은 사람, 폭발로 아래턱이 없어진 사람, 다리가 부러진 사람 등등 환자들이 줄줄이 실려 왔다.

히요시와 태오도 한 조가 되어 부상자를 데리러 나갔다. 여전히 여기저기서 총성이 나고 폭발음이 났다. 들것을 들고 동굴 밖으로 나가자 눈이 부셔서 한동안 눈을 뜰 수가 없었다.

"아!"

눈을 뜬 태오는 외마디 비명을 질렀다. 차마 눈 뜨고 볼 수 없는 처참한 광경이었다. 산이 움푹움푹 패이고 죽은 사람이 사방에 흩어져 있었다. 여기저기서 들려오는 부상병들의 고통스러운 몸부림에 할 말을 잃었다.

'이런 전쟁을 꼭 해야 하는 걸까?'

죽음의 공포가 사방에서 태오를 조여 오는 것 같았다. 자신도 모르게 몸을 움츠렸다.

히요시가 고개를 내저으며 혼잣말하듯 중얼거렸다.

"처음부터 이길 수 없는 싸움이야. 오키나와는 그저 버리는 돌이라구."

태오는 의아했다. 일본 병사가 저런 말을 하다니 이해가 되지 않았다.

"악!"

갑자기 태오가 비명을 질렀다.

"살려 줘! 제……발."

쓰러져 있던 일본 병사가 태오 발목을 잡고 살려달라고 아우성쳤다. 병사는 다리에 심한 총상을 입었다. 뼈가 허옇게 드러나고 살점이 날아가 다리가 너덜너덜해져 버렸다. 가쁜 숨을 몰아쉬며 끙끙 신음했다.

태오는 저도 모르게 풀썩 주저앉고 말았다.

"정신 차려. 마음 단단히 먹으라고!"

히요시가 태오 어깨를 툭 쳤다.

'그래. 시간을 다투는 일에 나약한 마음을 먹으면 안 돼.'

눈을 질끈 감은 채 태오가 마지못해 일어서며 되뇌었다. 목숨 살리는 일보다 더 소중한 것이 어디 있겠는가.

태오와 히요시는 부상병을 들것에 실어 동굴 안으로 데리고 들어갔다.

야전병원으로 가보니 환자들이 넘쳐났다. 부상병들을 치료 하느라 의사와 간호사는 이리 뛰고 저리 뛰었다. 어린 간호사들 이 부상병 곁에서 치료도 하고 약을 먹여 주며 정성껏 간호했 다. 상처에 입을 대어 고름을 빼내기도 했다.

태오와 히요시는 데려간 병사를 조심스레 내려놓았다.

의사는 부상병 다리를 보더니 마취도 하지 않고 다리를 자르 려 했다. 수술 장비와 약품이 절대적으로 부족하기 때문이었 다.

어린 간호사가 촛불을 밝히고 부상병이 움직이지 못하도록 붙들었다.

"안 돼! 제발 자르지 마!"

부상병이 소리를 지르며 발버둥 쳤다. 온몸으로 절규했다.

"살려면 할 수 없어!"

군의관이 소리를 지르자 병사가 잠잠해졌다.

"악!"

의사가 톱으로 수술을 시작하자 병사는 까무룩 기절해 버렸다.

곁에서 지켜보던 간호사가 울음을 터뜨렸다.

태오는 속이 메스꺼워 병원을 뛰쳐나왔다.

웩 웩! 우웩!

뜨거운 것이 울컥 올라와 토하고 말았다. 눈물과 콧물이 범벅이 되었다.

지옥 같은 하루가 또 저물어갔다.

군부들은 쉬지도 못하고 오물 처리도 하고 물도 길어와야 했다. 태오가 오줌통을 들고 동굴 밖으로 나서자 히요시도 물통을 들고 뒤따라 나왔다.

낮의 요란했던 포성은 잠잠해지고 별들이 총총 빛났다. 여기저기서 피비린내가 나고 화약 냄새도 났다. 그래도 동굴 내부보다 훨씬 견딜만했다.

"휴, 살 것 같다."

태오가 가슴을 쫙 펴고 크게 숨을 들이마셨다.

"지난번 가마에서 고마웠어. 너 조선에서 왔지? 몇 살이야?"

히요시가 나란히 서서 말했다. 태오와 키가 비슷했다.

"이제 열네 살."

"이 미친 전쟁에 너도 나처럼 끌려왔구나. 나는 열다섯 살. 오키나와 중학생이야."

태오가 주위를 돌아보며 걱정스레 말했다.

"말조심해. 누가 들으면 또 혼나. 나는 나라를 빼앗긴 지 오래라 아무도 지켜주지 못해 끌려왔지만, 너는 일본인인데도 왜 끌려왔어?"

히요시가 코웃음 치며 말했다.

"일본인? 일본인일 수도 있고 아닐 수도 있지."

"무슨 말이 그래?"

태오가 눈을 껌벅이며 물었다.

"오키나와는 원래 류큐 왕국으로 아름다운 해양 국가였어."

히요시가 차분한 말투로 또박또박 말했다.

오키나와는 일본과 다른 나라였는데 일본이 강제로 합병시

컸단다. 그리고 지난해 일본 본토 군인들이 오키나와로 들어와 전쟁 준비를 시작했다고 했다.

"류큐 성은 기와지붕과 기둥이 온통 붉은색으로 된 아름다운 궁전이야. 그런데, 군인들이 류큐 성을 장악해 그곳에 군사 본부를 설치했다고. 이게 말이 돼? 우리 왕들이 살던 궁인데 말이야."

태오가 맞장구쳤다.

"우리도 그래. 조선의 역대 왕들이 살았던 경복궁 앞에 조선 총독부를 떡하니 설치했지. 제 버릇 개 못 준다는 말이 생각나."

"어쩜 하는 짓이 똑같냐? 그럼, 너도 원래 이름은 하야시 태오(林太昨)가 아니겠네."

"맞아. 임태오(林太昨)야."

히요시는 자신도 원래는 다른 이름이었는데 일본식으로 바꾸게 되었다고 했다. 그런데도 일본 본토인들은 오키나와인을 차별하고, 전쟁에 주민들을 강제로 동원해 마구 부린다고 했다.

"어른들뿐만 아니야. 나를 봐. 중학생은 '철혈근황대'라는 이름으로, 여고생은 '히메유리 학도대'라는 이름으로 전쟁에 투입되었다고."

"히메유리? 지금 간호 보조하는 누나들 말이야?"

히요시가 고개를 끄덕였다.

"저번에 가마에서 우리 주민들 쫓아내는 거 봤지? 정말 어이없어. 우리 아버지가 어떻게 돌아가셨는지 알아?"

아버지 이야기를 하던 히요시 눈동자에 물기가 어렸다. 입술이 파르르 떨렸다.

히요시 아버지는 구멍 난 솥을 때우는 일을 했단다. 그러다 보니 이 마을 저 마을 다닐 수밖에 없었는데, 스파이로 몰려 죽임을 당했다고 했다. 마을을 염탐해 그 정보를 미군에게 넘겼다는 어이없는 죄목으로.

태오는 지난번 가마에서 일본군과 주민들이 대치했을 때 히요시가 왜 그렇게 행동했는지 그제야 알 수 있었다. 그 용기와 당당함이 부러웠다.

잠시 침묵하던 히요시가 넋두리하듯 말했다.

"우리한테 어떻게 그럴 수 있냐고. 용서가 안 돼. 우리 오키나와는 희생양에 불과해."

히요시가 씁쓸한 웃음을 지었다.

태오는 히요시 얼굴에 자신의 얼굴이 겹쳐 보이는 것 같았다. 태오만큼이나 히요시도 가슴에 맺힌 게 많다는 느낌이 들었다.

13
마부니 동굴

두 달 가까이 치열한 교전이 벌어졌다.

'이러다 조선으로 돌아가겠다는 꿈이 물거품 되는 건 아닐까.'

태오는 지옥 같은 나날이 이어지자 점점 초조해졌다.

미군의 막강한 화력에 일본군은 이렇다 할 작전도 없이 패색이 짙어졌다. 싸울 병사도 무기도 식량도 거의 바닥이 나 버렸다. 그뿐만 아니라 수많은 군부도 희생되었다. 군부는 다쳐도 치료조차 받지 못했다.

병사들의 사기가 떨어질 때마다 마에다 중위는 소리쳤다.

"적군 열 명을 죽이고 장갑차 한 대를 격파하기 전에 절대 죽으면 안 된다!"

마침내 궁지에 몰린 병사들의 의견이 두 파로 갈라졌다.

"비록 얼마 남지 않은 병사이지만 '옥쇄('부서져 옥이 된다'는 말로 천황을 위해 끝까지 싸우다 죽는다는 의미)' 할 각오로 맹렬히 싸우다 죽읍시다!"

"무슨 소릴하는 거요? 섬 남부로 가면 자연 동굴이 많소. 거기로 이동해서 좀 더 버텨 봅시다!"

양쪽 의견이 팽팽하게 맞섰다.

결국에 남부 마부니로 이동한다는 명령이 떨어졌다. 그래야 미군이 본토 공격할 시기를 조금이라도 늦출 수 있다는 이유에서다.

'환자들은 어떻게 하지?'

태오는 동굴 안에 있는 병세가 심각한 환자들이 마음에 걸렸다. 환자 수만큼 들것이 있는지, 먼 이동을 견딜 수 있을지 걱정이 되었다.

지휘관은 걷지 못하는 부상병은 동굴에 남겨 두고 떠난다는 결론을 내렸다. 태오의 걱정은 쓸데없는 고민이 되어 버렸다.

"저희는 어떻게 해요?"

히메유리 여학생들이 지휘관에게 물었다.

"너희들의 임무는 이제 끝났다. 각자 알아서 집으로 돌아가라."

여학생들은 갑작스러운 상황에 어찌해야 할지 몰라 망설였다. 울먹이는 학생도 있었다.

남부로 이동할 채비를 끝내고 하나둘 동굴을 떠나기 시작했다.

"나도 같이 데려가 줘!"

"살려 줘!"

울며불며 환자들이 애원했다.

'나라를 위해 몸 바쳐 싸운 사람들을 내팽개치다니.'

태오는 전쟁의 비정함에 몸서리가 쳐졌다. 동굴에 남겨진 환자들의 울부짖는 소리가 귓가에 맴돌아 오래오래 메아리로 남았다. 태오는 차가운 눈물을 삼키고 또 삼켰다.

4월 말부터 시작된 장마로 비가 억수같이 쏟아졌다. 길은 진흙탕이 되었고 군인과 피난 주민이 뒤섞여 밤낮으로 터덜터덜

걸어갔다.

"태오야, 내 뒤에 바짝 붙어 따라 온나."

두칠이 형은 중위 짐을 들고 앞서 나갔다.

형 발걸음이 빨라 태오는 좀처럼 따라잡지 못해 한참 뒤처지고 말았다.

가다 보니 이미 앞서가는 다른 부대들도 있고 뒤쫓아 합류하는 부대도 있었다. 살아남은 병사가 얼마 되지 않아 그 수는 이전보다 훨씬 적었다.

길가에는 죽은 병사들 시체가 여기저기 나뒹굴었다. 그런 가운데도 포탄은 태풍처럼 몰아닥쳤다.

태오는 혹시라도 만복이가 있을까 해서 두리번거리며 걸었다. 신발이 헐떡거려 흙탕길을 걷기가 매우 힘들었다. 질척거리는 진흙 속에 한 발 한 발 내디딜 때마다 힘이 배로 들어갔다. 다리에 쇳덩이를 매단 것 같았다.

"아, 어떡해? 밑창이……."

결국에는 군화 밑창이 떨어져 나가 걸을 수 없게 되었다.

태오는 바위에 걸터앉아 군화 끈을 풀었다. 어떻게든 다시 신어볼 요량으로 안간힘을 썼다. 그러다 문득 자신의 옷차림에 눈길이 갔다. 군복은 대구에서 받은 한 벌로 지금껏 버텨 왔으니 너덜너덜한 걸레처럼 낡아버렸다. 거기다 곳곳에 얼룩이 묻어 엉망진창이었다. 그야말로 시궁창에 빠진 쥐 꼴이었다.

'이런 꼴을 맘이 보면 뭐라 하실까? 이런 나를 태희가 알아보기나 할까?'

에밀리는 어려움 속에서도 태오와 태희를 귀하게 키웠다. 옷은 좋은 것보다 깨끗하고 단정하게 입는 게 더 중요하다며 부지런히 세탁을 해주었다.

그런 생각을 하니 서러움이 한꺼번에 몰려왔다. 태오가 머리를 감싸고 꺽꺽 소리 내어 울었다.

그때 빗속에서 누군가 다가와 태오에게 군화 한 켤레를 내밀었다. 고개를 들어보니 만복이였다.

"만복아……."

"이거라도 신어라."

"어, 어디서 났어?"

만복이는 말을 못 하고 고개만 가로저었다.

태오도 눈치를 채고 더는 묻지 않았다. 틀림없이 길가에 쓰러져 죽은 누군가의 신발이 분명했다.

신발 끈을 묶는 태오 손이 가늘게 떨렸다. 친구를 다시 만난 기쁨보다 피비린내 나는 현실이 서럽기만 했다.

사나흘 길을 걸어 간신히 마부니에 도착했다.

마부니의 푸른 바다는 더없이 아름다웠다. 바다 가운데 검은 바위가 군데군데 떠 있었다. 물이 빠지면 커다란 용바위가 드러 났다가 물이 차면 작은 거북 등으로 변했다. 특히나 마부니는 바다 쪽으로 절벽이 솟아 있어 적의 공격을 막아 내기 좋았다.

마부니에는 커다란 자연 동굴이 있고 병사가 줄어든 탓에 여 러 부대가 같은 동굴에서 지내게 되었다. 오키나와 주민들도 함 께 생활하게 되었다.

"같이 있게 돼서 진짜 다행이다."

태오와 만복이는 손을 맞잡고 기뻐했다.

두 사람은 자리를 잡고 동굴 벽에 비스듬히 기대앉았다.

"만복아, 여기 올 때 할머니랑 어머니는 만나봤어?"

"대구 기차역에서. 아주 잠깐 만났다 아이가. 엄마가 이 걸……."

만복이가 군복 윗도리를 들어 올렸다. 허리춤에 '센닌바리(천 인침)'를 감고 있었다. 기다란 천에 붉은 실로 '무운장구(武運長

久; 싸우는 군인으로서 목숨이 길고 오래 산다는 뜻)'라는 글씨
가 큼지막하게 새겨져 있었다.

몇 년 전부터 전쟁터에 가는 사람을 위해 '천인침'을 만드는
게 유행이었다. 긴 천에 천 명의 여성들에게 바늘 한 땀씩 꿰매
어 받아, 그 복대를 차면 총알도 비껴간다는 소문이 돌면서부
터였다. 일종의 부적처럼 믿었다. 역 주변이나 저잣거리에 가면
지나가는 사람을 붙들고 한 땀씩 부탁하느라 거리가 북적였다.

"엄마가 이걸 만드느라 얼마나 고생……"

만복이가 울먹였다.

"다행히 나도 역에서 잠깐 맘을 만났어."

태오도 십자가 목걸이를 보여 주었다.

그때 두칠이 형이 찾아와 태오 머리를 콕 쥐어박았다.

"태오야! 와 이제 왔노? 내가 니 얼마나 기다렸는 줄 아나?"

"내가 갓난쟁이야? 형이 걱정하게."

태오가 입을 삐죽 내밀며 싱긋 웃었다.

"어쭈! 많이 컸다, 이거지? 오호라! 니가 만복이로구나."

만복이가 얼떨결에 인사하자 두칠이 형이 한마디 하고 사라
졌다.

"이제 형도 필요 없겠네. 꼬맹이들끼리 잘 살아라."

태오와 만복이 나란히 모포를 깔고 바닥에 누웠다.

만복이가 윗주머니에서 뭔가를 꺼내 만지작거렸다. 중학교 교복 모자에 달렸던 세모난 모양 배지였다. 여전히 반짝거렸다.

"어! 그걸 가지고 왔어?"

"응, 군복 갈아입을 때 아까워서 교복 모자에서 떼 왔다 아이가. 난 이게 좋다. 이것 대신 황군 모자에 별을 단 순간부터 만복이 인생이 고달프다, 고달퍼."

태오는 그 말에 진심으로 공감했다.

"태오야, 이게 꿈이었으면 좋겠다. 정말 죽지 못해 산다."

태오는 어떤 말을 해서라도 만복이를 위로하고 싶었다.

"그래, 우리는 지금 꿈을 꾸고 있는 거야. 전쟁놀이 꿈. 아주 지독한 악몽이지. 그래도 아침이 오면 깨어날 거야. 원래 꿈이란 그런 거니까."

학교 다닐 때 만복이는 우스갯소리도 잘하고 밝은 성격이었다. 하지만 오키나와에서 만난 만복이는 예전과 달랐다.

전쟁이 세상뿐 아니라 개인의 삶과 정신까지도 피폐하게 만드는 어마어마한 위력 앞에 태오는 오스스 소름이 돋았다. 하루

빨리 끝나기만을 바랐다.

어느새 만복이는 잠이 들었는지 색색거리는 숨소리가 들렸다. 손에 배지를 쥔 채 잠들었다. 태오는 배지를 살짝 빼내 만복이 윗주머니에 넣어 주었다.

두칠이 형은 얼마 남지 않은 군부들의 우두머리 같은 존재가 되었다. 형이 아침 식사를 갖고 와 내려놓으며 말했다.

"이거라도 먹자!"

만복이가 그릇을 보고 인상을 찌푸렸다.

"이게 뭐꼬?"

뽕나무 이파리를 섞어 끓인 잡탕 죽이었다. 개나 돼지가 먹을 법한 죽도 허기를 채우기에 턱없이 부족한 양이었다.

"식량 보급이 완전히 끊어졌으니 알아서 먹고 죽으란다."

두칠이 형이 비아냥거리듯 말했다.

만복이는 후루룩 한입에 비워버렸다.

태오는 죽 그릇을 보자 어릴 적 먹던 수제비 생각이 났다.

에밀리는 새벽부터 밤까지 쉴 새도 없이 일했다. 그런데도 남들에게 다 퍼주느라 자신도 끼니를 챙기지 못할 만큼 가난했다. 쌀이 부족하다 보니 에밀리는 어디선가 수제비 만드는 법을 배워왔다. 그런 덕에 태오와 태희는 밥 대신 수제비를 즐겨 먹곤 했다.

"맘! 또 수제비야? 신난다."

태오와 태희는 밀가루 반죽으로 꽃, 토끼, 나비 모양의 수제비를 빚었다. 국물이 끓어오르면 앞다투어 수제비를 떠 넣었다. 밥상에서 서로 자기가 만든 수제비를 찾느라 야단법석을 피우곤 했다. 감자라도 넣게 되면 즐거움은 배가 되었다. 에밀리는 곁에서 지켜보며 흐뭇하게 웃었다.

'그래, 이걸 태희랑 만든 수제비라 생각하고 먹자.'

태오는 잡탕 죽을 꽃 수제비 한 술, 나비 수제비 한 술이라 생각하고 천천히 입속으로 가져갔다. 메말랐던 속이 촉촉해지는 느낌이 들었다. 채 몇 술 뜨지도 않았는데, 어느새 그릇 바닥이 드러났다. 웃음 대신 눈물방울이 그릇에 톡 떨어졌다.

14

만남과 이별

마부니로 이동한 지 열흘이 지났다.

퇴각한 다른 부대 병사들이 마부니 동굴에 합류하게 되었다.

"미군들도 이쪽 남부로 오고 있어요."

병사들의 첫 마디에 동굴 안이 술렁거렸다. 그들 역시 전쟁을 치르느라 말할 수 없을 만큼 지쳐 있었다. 그야말로 패잔병들 모습이었다. 어깨에 멘 총이 무거워 보였다. 부상이 심한 사람도 많았다.

한 병사가 총을 내려놓고 동굴 벽을 짚고 힘겹게 앉았다. 천으로 감싼 다리를 심하게 절고 있었다. 동굴 안이 어두워 잘 보이지 않았지만, 왠지 눈에 익은 얼굴 같았다.

태오가 가까이 다가가 얼굴을 들여다보았다.

"선생님! 선생님 맞죠? 저 태오예요."

"태오야! 아니, 어떻게 된 거야?"

박정운 선생님이었다. 얼굴이 검게 타고 몸도 깡말라 있었다.

만복이도 놀라 달려왔다.

"선생님! 선생님!"

"아니, 어린 너희까지 여기로 왔단 말이냐?"

세 사람은 얼싸안았다. 깡마른 선생님 품인데도 푸근하게 느껴졌다.

선생님이 태오와 만복의 손을 꼭 잡고 쓰다듬었다.

"아니, 만복이 손바닥이 왜 이러냐?"

태오도 깜짝 놀랐다. 이 난리에 너나 할 것 없이 손이 거칠었지만, 만복이 손바닥은 이상할 만큼 심각했다. 상처투성이에 굳은살이 울퉁불퉁해 마치 곰 발바닥 같았다.

"처음 오키나와로 와가 비행장 공사장에서 일했거든예. 활주로 만드는데 손바닥으로 땅을 골랐다 아임니꺼."

만복이가 고개 숙이며 코를 훌쩍거렸다.

"맨 손으로 이 고생을 하다니."

태오가 언제 일본에 왔냐고 선생님에게 물었다.

"야학에서 붙잡히고 나서 얼마 안 되어서였지. 징병제가 시행되자마자 곧바로 나를 군대로 끌고 오더라고."

선생님은 오키나와 본도에서 멀리 떨어진 아키지마라는 섬에 배치되었단다. 그곳에서 폭탄 실은 배를 숨긴 동굴에서 지내다 본도로 건너왔다고 했다. 전투에 투입되어 최전선에서 싸우다 부대가 괴멸 상태가 되자 동료 몇 명과 동굴에서 동굴로 쫓겨 다니다 이곳으로 오게 되었다고 했다.

"너희들, 얼굴이 몰라보게 상했구나."

선생님이 둘의 어깨를 끌어당기며 목소리 낮춰 말했다.

"곧 전쟁이 끝날 거야. 미군이 완전히 승기를 잡았대. 우린 조선 사람이잖아? 일본이 져도 우리는 돌아갈 수 있을 게야. 조금만 더 참고 견디자."

태오와 만복이 고개를 끄덕였다. 선생님과 같은 동굴 내에 있다는 게 꿈만 같았다.

미군들이 마부니까지 쫓아왔다.

또다시 교전이 이어져 이쪽에서 아무리 공격해도 미군은 새 장갑차와 병사로 물밀 듯이 몰려왔다. 일본군은 패전에 패전을 거듭했다. 희생자도 늘어나고 먹지 못해 체력은 바닥나고 말았다.

"이렇게 당하고만 있을 수 없어. 지긋지긋한 놈들에게 한 번이라도 제대로 붙어보고 멋있게 죽자고."

"좋아! 어차피 죽을 거 나라를 위해 이 한목숨 바치자고."

일본 병사들이 몸에 폭탄을 지니고 미군에게 돌격하자고 뜻을 모았다. 그야말로 마지막 선택이었다.

마에다 중위가 말했다.

"좋다! 너희들의 충성심은 역사에 길이 남을 것이다."

병사들은 미군이 몰려오는 상황을 지켜보며 최후 공격하기로 결의했다. 제대로 덤벼보자며 벼르고 별렀다.

태오가 총탄을 챙기고 있으니 히요시가 다가왔다. 낯빛이 어두웠다.

"태오, 나도 곧 출격해."

"뭐? 너도? 안돼……."

태오는 무슨 말을 해야 할지 당황스러웠다. 히요시가 자살 공격대에 포함되다니. 그 결과는 죽음이라는 게 뻔했다. 가지 말라고, 돌아올 수 없는 길이라며 뜯어말리고 싶었다.

히요시는 이미 각오가 섰다는 듯 무덤덤한 얼굴을 했다. 그러고는 품에 지니고 있던 '오마모리(일본 신사 등에서 파는 몸을 수호한다는 일종의 부적)'를 태오 윗주머니 속에 넣어 주었다. 오마모리는 붉은 비단 천에 싸여 있었다.

"이제 내겐 필요 없어. 넌 꼭 살아서 조선으로 돌아가."

히요시가 한쪽 눈을 찡끗해 보이며 돌아섰다.

태오가 벌떡 일어나 히요시 등 뒤에서 어깨를 감쌌다.

"꼭 살아서 돌아와, 히요시. 기다릴게."

히요시 몸이 가늘게 떨리고 있었다.

"나…… 나, 사실 무서워."

히요시가 울먹이는 말투로 말했다.

태오 가슴이 미어지는 것 같았다.

"히요시. 내가 하나님께 기도할게."

태오는 이렇게 말할 수밖에 없는 자신이 부끄럽고 원망스러웠다.

"돌격!"

명령이 떨어졌다.

마에다 중위를 비롯한 자살 공격대가 달려나갔다. 미군을 향해 폭탄을 몸에 지닌 채 쏜살같이 직진했다. 마치 불나방이 무작정 불로 달려들듯 하였다.

히요시도 화약이 든 상자를 품에 끌어안고 미군 장갑차를 향해 뛰어나갔다. 어린 불나방이 불을 향해 온몸을 내던졌다.

"만세!"

외치는 소리와 함께 쾅! 하고 폭발음이 났다. 동굴 안이 부르르 떨렸다.

히요시는 두 번 다시 돌아오지 않았다. 그렇게 옥쇄했다.

태오는 그런 히요시를 숨죽여 지켜보며 두 손 모아 기도했다.

이제 동굴 안에는 남은 병사가 얼마 되지 않았다. 죽은 병사가 늘어나고 먹을 것도 없어 굶주림과 싸워야 했다. 같이 숨어 있던 주민들도 하나둘 죽어갔다. 살아남은 자들도 언제 어떻게 될지 모르는 절박한 상황이 이어졌다.

"응애 응애에."

갓난아기 울음소리가 동굴 안에 울려 퍼졌다. 아기 엄마가 먹지 못해 젖이 나오지 않자 배고픈 아기가 울어 댔다.

"물이라도 좀 드시고 오세요. 제가 아기를 달래 볼게요."

태오가 아기를 받아서 안았다. 가벼웠다. 태오가 나직이 노래를 부르며 얼러도 아기는 계속 칭얼댔다.

아기 엄마가 다시 품에 안았지만, 아기는 더 크게 울음을 터뜨렸다.

"응애– 응애에."

어린 생명이 살고자 몸부림을 쳤다.

"나가! 다 죽기 전에 나가!"

신경이 날카로워진 조장이 아기 엄마에게 소리쳤다.

"조심할게요! 살려 주세요!"

아기 엄마가 아기 입을 틀어막으며 사정했다.

그러자 조장이 총부리를 들이대며 소리쳤다.

"미군에게 들켜 여기 있는 사람들 다 죽게 할 셈이야?"

아기 엄마가 더욱 힘주어 아기 입을 막으며 울부짖었다.

"나가면 붙잡힐 텐데 어떻게 밖으로 나가요? 여러분 제발 도와주세요!"

아기 엄마는 애절한 얼굴로 사람들을 둘러보았다. 사람들은 애써 눈길을 피했다.

아기 울음소리가 조용해졌다. 갑자기 아기 엄마가 외마디 비
명을 질렀다.

"악–!"

품에 안긴 아기 팔이 힘없이 축 늘어져 있었다. 여기저기서
흐느끼는 소리가 났다. 삽시간에 동굴 안이 울음바다가 되었
다.

15
피 묻은 천인침

이튿날 아침 동굴 안으로 햇살이 비스듬히 들어왔다.

이제는 무기도 병사도 체력도 없었다. 그야말로 동굴 안에서 죽을 날만 기다리는 신세가 되어버렸다.

갑자기 동굴 밖에서 웅성거리는 소리가 들려왔다. 모두 신경이 날카롭게 곤두서고 긴장감이 흘렀다.

"쉿! 조용히 해. 미군들이 동굴 앞으로 몰려왔어!"

조장이 손가락을 입술에 대고 초조한 얼굴로 말했다.

미군은 일본군이 숨어 있는 걸 아는 것 같았다. 미군이 동굴 입구에 확성기를 대고 소리쳤다.

"너희는 포위됐다! 항복하고 나와라! 너희 목숨은 살려 줄 것이다!"

동굴 안은 크게 술렁였다.

"영어로 말하니 무슨 말인지 모르겠어요. 대체 뭐라는 거예요?"

어느 아주머니가 물었다.

"쉿!"

조장이 조용히 하라고 눈짓했다.

동굴 안에서 아무 반응이 없자 미군이 다시 말했다.

"며칠간 여유를 주겠다. 우리가 다시 올 때 투항하지 않으면 동굴을 폭파해 버리겠다!"

미군이 엄포를 놓고 돌아갔다.

바짝 긴장했던 조장 얼굴이 펴졌다.

"우리더러 항복하랍니다. 쳇!"

"이렇게 굶어 죽느니 차라리 항복합시다."

"맞아요! 설마 우릴 죽이기야 하겠어요?"

기다렸다는 듯이 다른 주민이 맞장구쳤다.

태오가 벌떡 일어나 소리 높여 말했다.

"아까 미군이 항복하면 살려 준다고 분명히 말했어요."

"뭐야! 이 새끼. 니가 영어를 알아?"

조장이 으름장을 놓았다.

"알아요, 안다구요. 며칠 있다 다시 온다며 그때 투항하지 않으면 동굴을 폭파해 버리겠다고 했어요!"

"이 자식이! 어디서 거짓말을!"

조장이 태오를 걷어찼다.

사람들은 태오 말에 놀라 술렁거렸다.

"그럼, 항복합시다. 죽이지 않는다고 했다면서요."

"이러다 어차피 죽어요. 그러느니 차라리 포로가 되는 게 나아요."

그러자 조장이 벌떡 일어나 큰 소리로 말했다.

"자, 자, 다들 진정하세요. 생각해 보세요. 미군이 살려 준다는 건 꼬임수라고요. 천황폐하의 백성으로서 적의 손에 죽는 것은 수치입니다. 또다시 미군이 찾아오면 그땐 자랑스럽게 자결합시다!"

그러고는 조장이 수류탄을 하나씩 나눠 주었다. 주민들에게도 나눠 주며 수류탄 핀을 어떻게 뽑는지도 알려 주었다.

만복이가 주위 눈치를 보며 낮은 소리로 물었다.

"선생님, 진짜로 미군한테 항복하면 우리를 살려 줄까예?"

"우린 조선 사람이니……."

선생님 말씀이 채 끝나기도 전에 태오가 끼어들며 말했다.

"이렇게 굶어 죽으면 그야말로 개죽음이에요. 전 차라리 항복했으면 좋겠어요. 그렇게 되면 언젠가는 조선으로 돌아갈 수 있지 않을까요?"

만복이가 손을 세차게 저으며 힘주어 말했다.

"아닐 끼다. 우리가 일본군에 붙어서 싸웠다 아니가? 그런데 우째 살려 주겠노?"

만복이 말도 맞는 것 같았다.

아무도 정답을 알 수 없었다. 언제 다시 미군이 찾아올지 불안하기만 했다.

오후 더위가 한풀 꺾일 즈음, 만복이는 두칠이 형과 물을 길러 나갔다. 그런데, 해 질 녘이 다 되었는데도 동굴로 돌아오지 않았다. 태오는 무슨 일이 생긴 건 아닌지 안절부절못하고 서성댔다.

조장이 태오에게 물었다.

"어이, 하야시(林), 너랑 같이 다니던 녀석 안 보이네. 어디 갔어?"

"아까 물 길으러 나갔는데 좀 늦는 것……."

"어디, 들어오기만 해 봐라. 혼쭐이 나 봐야 정신을 차리지. 조센징!"

조장이 어금니를 악물었다.

그때, 만복이와 두칠이 형이 헐레벌떡 되돌아왔다. 물이 가득 든 물통을 제자리에 놓고 돌아설 때였다. 조장이 소리쳤다.

"잠깐! 거기 두 사람, 제자리에 서!"

만복이와 두칠이 형이 흠칫 놀라 멈춰 섰다.

"두 손 들어!"

두 사람이 손을 번쩍 들어 올렸다. 조장이 손가락으로 가리키며 물었다.

"그거 뭐야?"

"그게 그……."

바지 주머니에 뭐가 들었는지 불룩 튀어나와 있었다.

조장이 다가가 주머니를 뒤졌다. 주머니에서 고구마 몇 개가 나왔다. 배가 고파 남의 밭에서 서리한 모양이었다. 만복이 얼굴이 울상이 되었다.

"이 멍청한 놈들! 이런 허튼짓 하다 우리가 숨어 있는 것까지 들통나면 어쩔 거야? 우릴 죽일 셈이야?"

조장이 냅다 뺨을 후려쳤다.

"오죽 배가 고팠으면 그랬겠소? 제발 한 번만 용서해 주시오!"

박 선생님이 조장 팔뚝을 잡으며 애원했다.

"니가 상관할 바 아니잖아?"

조장이 선생님을 군홧발로 걷어찼다.

"둘 다 따라와!"

"안 돼요! 제발!"

조장은 뜯어말리는 선생님을 또다시 걷어찼다. 그러고는 태오한테 삽을 들고 따라오라고 소리쳤다.

'대체 무슨 일을 벌이려고 저러지.'

태오 가슴이 철렁 내려앉았다. 불길한 생각을 떨칠 수 없었다.

"앞장서!"

조장은 만복이와 두칠이 형을 앞세워 동굴 밖으로 나갔다. 총을 바짝 당겨 맨 조장 뒤를 태오가 쫓아갔다. 만복이는 잔뜩 어깨를 움츠렸다. 태오는 온갖 나쁜 생각을 떠올렸다 지우기를 반복했다.

마침내 야트막한 언덕이 있는 곳에 다다랐다.

커다란 용나무가 하늘을 가득 메우듯 우뚝 솟아 있었다. 푸른 잎과 동그란 열매를 가득 달고 있었다. 얼기설기 뒤엉킨 뿌리가 땅 위에 드러나 있었다.

맴맴맴 치르르르르.

말매미가 목소리를 자랑하듯 앞다퉈 울어 댔다. 여기서도 저기서도 소름 돋을 만큼 시끄럽게 울어 댔다.

조장이 만복이와 두칠이 형을 향해 총을 겨눈 채 태오에게 외쳤다.

"구덩이 파!"

태오가 망설이자 다시 소리쳤다.

"안 들려? 구덩이 파라고!"

태오가 마지못해 한 삽 한 삽 흙을 파 내려갔다.

만복이와 두칠이 형 얼굴이 새하얗게 질렸다.

구덩이가 조금씩 깊어지자, 만복이가 오들오들 떨며 울부짖었다.

"살려 주이소! 잘못했습니더. 두 번 다시 안 하께예."

태오도 눈물이 앞을 가려 눈앞이 뿌옇게 흐려졌다. 솟구치는 울음을 참느라 어깨가 들썩거렸다. 이윽고 삽을 내던지고 조장에게 무릎을 꿇으며 애원했다.

"어려서부터 친구예요. 한 번만 살려 주세요! 아니, 차라리 제가 벌 받을게요. 제발요!"

"이것들이! 같이 죽고 싶어? 얼른 파!"

조장이 구덩이 속으로 태오를 걷어찼다. 굴러떨어진 태오는 다시 흙을 파 내려갔다.

'하나님! 제발 살려 주세요! 제발요.'

태오는 간절히 기도했다. 만복이가 불쌍해서 견딜 수 없었다. 서러움과 원통함, 분노가 한꺼번에 가슴을 짓눌렀다. 이렇게 끌려와 온갖 고생을 했는데, 이건 말도 안 되는 일이었다.

태오가 다시 기어 올라가 조장 발목을 붙잡고 울부짖었다.

"이제 겨우 열네 살이에요. 한 번만, 제발요!"

조장이 성가시다는 표정을 짓더니 만복이더러 뒤로 돌아서라고 했다.

만복이가 눈치를 보며 뒤돌아섰다.

탕!

만복이가 구덩이 속으로 맥없이 떨어졌다.

"아! 만복아!"

하늘이 무너져버렸다. 태오는 구덩이 속으로 들어가 만복이를 끌어안고 오열했다.

"만복아, 정신 차려 봐. 이렇게 있으면 엉엉……. 어떡해. 같이 살아서 돌아가야지! 너를 이대로 두고 갈 수는 없는데, 어떡해? 아!"

아무리 만복이를 흔들어 봐도 대답이 없었다. 만복이 몸은 늘어진 채 흔드는 대로 그저 흔들리기만 했다.

"하나님! 저한테 왜 이러세요? 어떻게 친구를 제 손으로 묻으라시는 거예요?"

태오는 하늘이 원망스러웠다.

그때였다. 잔뜩 겁에 질려 있던 두칠이 형이 풀숲으로 후다닥 도망치기 시작했다.

"이 새끼! 거기 서!"

조장이 헐레벌떡 뒤쫓아갔다.

날은 어둑어둑해지기 시작했다. 저녁노을이 슬프도록 아름다웠다.

만복이 옷자락 사이로 천인침이 눈에 띄었다. 태오는 피 묻은 천인침을 풀어 자기 허리에 꼭 묶었다.

"만복아, 조선으로 돌아가면 네 부모님께 이거라도 전해드릴게. 다음에 하늘나라에서 다시 만나자. 안녕."

태오는 흙으로 정성스레 만복이를 묻었다.

탕! 타당!

그때 숲속에서 총성이 났다. 태오 정신이 번쩍 들었다.

'나라도 꼭 살아남아야 해. 지옥 같은 동굴로 다시 돌아갈 수 없어.'

만복이 무덤에 손을 대고 마지막 인사를 했다.

"만복아, 이제 힘들지도 배고프지도 않을 거야. 편히 쉬고 있어. 내가 다시 찾아올게. 꼭."

태오는 마부니 동굴과 야트막한 언덕, 용나무의 위치와 거리를 눈에 새겨 넣었다. 머릿속에 그림 한 장을 집어넣듯 하였다. 그리고 언덕 아래로 쏜살같이 내려갔다.

‘이건 하늘이 내려 준 마지막 기회야.’

평소 물을 긷고 오줌통을 비우느라 태오는 이곳 지리에 밝았다. 그런 감각을 믿고 어둠이 내려앉은 풀덤불 속으로 정신없이 도망쳤다.

멀리서 쿵쿵 하고 요란한 포성이 들려왔다. 온 하늘과 땅이 우르르 울렸다.

‘아직도 싸울 힘이 남았나?’

얼마나 지났을까?

소란하던 사방이 조용해졌다. 이제 누군가 쫓아오는 기색도 없는 것 같았다.

숲속에 어두움은 더 빨리 찾아왔다. 무서움도 같이 따라왔다.

태오는 풀숲에 드러누웠다. 수풀 사이로 반짝거리는 불빛이 날아다녔다.

“아, 반딧불이다.”

하늘에서 수많은 별이 내려와 춤을 추며 숨바꼭질하는 것 같았다.

어릴 적 일이 생각났다.

반딧불이 꽁지를 떼어 이마에 붙이고 '도깨비 놀이' 한다고 고샅길을 누비고 다녔었다. 만복이는 반딧불이를 잡아 다음날 도 보겠다고 병 속에 집어넣었다. 아침이 되어 반딧불이가 빛을 내지 않자 크게 실망했었다.

"만복아……."

만복이 생각에 멎었던 눈물이 다시 북받쳐 올랐다.

밤하늘에 남십자성이 반짝이고 있었다. 별 네 개가 모여 마 치 십자가 모양을 이루고 있었다. 작은 별이지만 매우 또렷하게 반짝거렸다.

'하나님! 두칠이 형을 지켜 주세요.'

두칠이 형은 마음 붙일 곳 없던 태오에게 가장 살갑게 대해 준 사람이었다. 태오는 두칠이 형이 무사하기를 간절히 기도했다.

"다시 일어서야지."

붙잡히지 않으려면 밤에 조금이라도 멀리 도망가야 했다. 뛰 고 또 뛰었다.

바다에 가까워졌는지 철썩철썩 파도 소리가 났다. 세찬 바람 소리가 태오 귓가를 스쳐 지나갔다.

한밤중인데도 낮의 뜨거운 열기는 좀처럼 사라지지 않았다.

16
숲의 정령

찰싹찰싹 솨아아아.

먼동이 트지 않은 새벽 바다는 회색빛이었다. 모래사장에 파
도가 겹겹이 밀려왔다 빠져나가며 고운 산호초 모래가 사르르
씻겨 내려갔다.

모래사장 옆 낮은 벼랑에는 엉겅퀴가 보랏빛 꽃을 피우고 있
었다. 거친 바닷바람에 제 몸을 지키려는 듯 엉겅퀴 잎은 가시
처럼 날카로웠다.

벼랑 아래 왜가리 한 마리가 서 있었다. 바람이 불어 잿빛 깃
털 사이로 속살이 드러나도 꼼짝하지 않았다. 줄곧 쓰러진 소

년만 바라보고 있었다.

소년은 파도가 밀려와 얼굴에 살랑거려도 움직이지 않았다. 시간이 얼마나 흘렀는지 모른다.

"으윽!"

소년이 몸을 뒤척이자, 왜가리가 푸드덕 날아갔다.

'어떻게 된 거지? 그러니까…….'

정신이 든 태오가 어제 일을 되새겨 보았다.

방향도 모르고 정신없이 어둠 속을 달렸다. 파도 소리가 들리는가 했는데, 갑자기 발아래가 꺼지는 느낌이 났었다. 거기까지 기억이 났다.

'벼랑 아래로 떨어졌나 봐.'

정신이 번쩍 들었다. 도망치는 중이었고 들키면 큰일이었다.

"아앗!"

몸을 일으키려 하자 다리 한쪽이 이상했다. 뼈가 잘못된 것인지 상처 탓인지 무척이나 아팠다.

태오는 다리를 절뚝거리며 벼랑 위로 기어 올라갔다. 넓은 벌판이 나왔다. 등 뒤에서 불어오는 습한 바람에 수풀이 이리저리 흔들리며 서걱거렸다. 수풀 속에 몸을 낮춰 바짝 엎드렸다.

좁은 길을 따라 질경이 풀이 수없이 자라 있었다. 태오는 질경이 풀을 뽑아 흙을 털어 내고 뿌리째 입에 넣었다. 흙냄새가 확 올라왔다. 조금이라도 허기를 채우고 싶었다.

아직 새벽이라 미군이나 일본군의 움직임은 보이지 않았다. 숨을 곳을 찾아야 했다. 수풀에서 나와 절뚝이며 한참을 걸어가니 사탕수수밭이 나왔다. 전쟁 탓에 미처 추수하지 못한 사탕수수는 어른 키보다 높고 밑둥치가 굵었다.

태오는 사탕수수 밭고랑에 누웠다. 수숫잎 사이로 좁은 하늘이 보였다.

가엾은 만복이 생각이 났다. 부족한 게 하나도 없이 착하기만 하던 만복이가 어쩌다 그렇게 되었는지 분하고 원통했다. 조선으로 돌아가려면 어떡해야 하나 막막했다. 도망쳐 나오기는 했으나 앞날을 알 수 없어 불안했다.

쿵! 쿠쿵!

멀리서 포성이 들렸다.

태오는 벌떡 일어나 다시 움직였다. 일단 나무가 빽빽한 곳이라면 몸을 숨길 수 있을 것 같았다. 이른 아침인데도 이미 후끈한 열기가 느껴져 마음이 바빠졌다.

사탕수수밭을 빠져나와 계속 걸었다.

멀리 트럭 소리가 났다. 뒤를 돌아보니 트럭에서 미군들이 내리고 있었다. 태오가 나무 뒤에 숨어 지켜보니 미군들이 총을 들고 사탕수수밭을 수색했다.

'큰일 날 뻔했어. 도망친 일본 패잔병을 찾는가 봐.'

태오는 서둘러 피해야겠다고 생각해 다시 산으로 이동했다. 다리는 점점 무거워지고 감각이 무뎌져 갔다.

미군들이 불을 질러 사탕수수밭이 활활 타오르기 시작했다. 두 손을 번쩍 든 일본 병사들이 사탕수수밭 사이에서 줄줄이 나왔다.

'미군에게 항복하면 정말 살려줄까? 저러는 걸 보면 잘 모르겠어.'

태오는 한참을 걷고 또 걸었다.

야트막한 산에 다다랐다. 낮은 구릉이 이어지고 짙은 녹색 잎이 달린 활엽수가 무성했다. 여러 가닥의 가지가 땅까지 드리워져 있었다. 온몸을 은빛으로 휘감은 너도밤나무가 가녀린 잎사귀를 하늘거리며 다른 나무들과 한데 뒤섞여 있었다.

'메꽃이다!'

메꽃은 풀덤불 위에 분홍 꽃을 곱게 피우고 있었다.

태오는 조선에 있을 때, '메꽃을 따라가면 산다'는 말을 누군가에게 들은 적이 있었다. 지푸라기라도 잡고 싶은 마음에 메꽃이 핀 방향으로 무작정 걸었다.

물도 못 마시고 먹지도 못한 채 지칠 대로 지쳤다. 태오는 이러다 목숨을 잃은들 누구 하나 자신을 알아줄 것 같지 않아 서글펐다. 차라리 아침에 미군한테 살려달라 항복할 걸 그랬나 하는 후회도 했다.

태오는 버릇처럼 십자가 목걸이를 만지작거렸다. 언젠가 맘이 한 말을 떠올렸다.

"태오야, 네 이름 영어로 'Theo'가 무슨 뜻인지 아니?"

"……."

"'갓(God)'. 하나님을 의미한단다. 너는 하나님이 맺어 준 나의 아들이야. 하나님은 언제나 널 사랑하셔."

태오는 그 말을 되새기고 용기를 냈다. 맘이 지켜 주고 있다고 믿었다.

커다란 고목이 눈에 띄었다. 무성한 푸른 잎을 달고 덩치와 높이를 자랑하듯 우뚝 솟아 있었다. 백 년은 더 되어 보이는 아름드리나무였다.

"더 이상 못 가겠어. 난……."

태오가 커다란 고목 아래 쓰러지듯 드러누웠다. 눈을 감았다.

그간의 끔찍했던 일들이 주마등처럼 머릿속을 스쳐 갔다.

눈앞에서 많은 목숨이 스러져갔다. 아우성치는 소리가 아직도 머릿속에 맴돌았다. 소중한 사람조차도 떠나갔다. 남겨진 자로서 그들의 고통과 눈물을 고스란히 떠안고 살아야 한다. 그들 몫까지 맡아서 꿋꿋이 살아남아야 할 것이다.

하지만 태오는 자신이 없었다. 몸도 마음도 지칠 대로 지쳐버렸다. 이제는 실낱같은 희망도 아무런 의욕도 남지 않은 것 같았다.

어디선가 이름 모를 새가 자장가를 부르듯 재잘거렸다.

태오 정신이 아득하게 멀어졌다.

고요한 밤 거룩한 밤 어둠에 묻힌 밤~.

창밖에 함박눈이 펑펑 내리고 있었다. 맘과 태희, 그리고 교회 사람들이 태오를 향해 찬송가를 부르고 있었다. 거기에 천국이 있었다.

"맘! 나도 데려가요."

태오가 팔을 뻗었다. 아무리 뻗어 봐도 손이 닿지 않았다.

태오 눈에 눈물이 주르르 흘렀다.

어이 까마귀야 본토 사람이

총을 메고서 널 잡으러 왔어.

판다누스 숲으로 소철 숲으로

빨리 빨리 빨리.

깊은 잠에 빠져 있던 태오는 누군가의 노랫소리에 정신이 들었다. 산안개가 자욱해 사방이 뿌옇게 흐렸다. 비밀에 둘러싸인 숲 같았다.

바로 그때, 풀숲 사이로 빨간 동물 같은 것이 사사삭 스쳐 지나갔다.

'어? 저게 뭐지?'

태오는 긴장해 몸을 웅크렸다.

"휴, 다행이다. 이제 깨어났니?"

이번에는 고목 위에서 누군가가 물었다.

태오가 고개를 들어 올려다보곤 소스라치게 놀랐다. 키 작은 아이가 내려다보고 있었다. 빨간 머리카락이 사자 갈기처럼 풍성했다. 나뭇잎으로 엮은 옷을 입고 굵직한 발로 나뭇가지를 딛고 서 있었다.

"나 죽은 거야? 허깨비가 보이네."

태오가 울음 섞인 목소리로 말했다. 꿈인지 현실인지 구분할 수 없었다. 굶주림과 피로로 온몸의 감각이 몸에서 다 빠져나간 것처럼 아무것도 느껴지지 않았다.

"난 네가 죽은 줄 알았지 뭐야."

빨간 아이가 말했다.

"그런데, 너는 누구야?"

"나? 오키나와 숲에 사는 정령이야. 사람들은 나를 '부나가야'라고 불러. 반가워."

태오가 놀란 눈을 하자 빨간 아이가 물었다.

"너는 어디로 가는 길이야?"

태오는 망설였다. 어디로 가는지 자신도 몰라 얼버무렸다.

"북쪽으로. 내 고향 조선이 있거든."

"정말? 나도 북쪽으로 가는 중이야. 나는 천둥소리 같은 게 싫은데, 남쪽은 전쟁 때문에 너무 시끄러워. 그래서 조용한 숲을 찾아가는 거야."

태오는 반가웠다. 길동무가 생겨서.

"사람들은 왜 전쟁을 하지? 난 모르겠어."

"맞아. 전쟁이 원망스러워. 난 강제로 끌려와서 고생하다 지금 도망치는 중이야. 나도 이제 행복해지고 싶어. 아니, 행복까지 바라지 않아. 그저 편해지고 싶어. 죽을 거 같아."

빨간 아이가 나뭇가지에 걸터앉으며 말했다.

"너 많이 지쳤구나. '누치두 다카라(오키나와 말로 '생명은 귀한 것'이라는 뜻)'라고 했어. 난 네가 행복을 포기하지 않았으면 좋겠어. 그 길로 가는 열쇠는 이미 네가 갖고 있다고 생각해."

태오는 무슨 말인지 이해가 되지 않았다. 하지만 마음이 한결 편해졌다. 좀 더 이야기하고 싶었다.

빨간 아이가 손가락으로 한쪽을 가리키며 말했다.

"참, 저쪽으로 내려가면 계곡이 있어. 물이라도 마셔."

"계곡이 있다고? 어디?"

태오가 간신히 몸을 일으켜 가리키는 쪽을 내려다보았다. 풀무치가 포르르 하늘로 날아올라 건너편으로 훌쩍 날아갔다.

"안 보이는데. 어디?"

아무 대답이 없었다. 고목을 올려다봐도 주위를 살펴봐도 빨간 아이는 사라지고 없었다.

'내가 꿈을 꾸었나?'

꿈이라고 하기에는 너무나 생생한 장면이었다.

17
태오의 소원

태오는 목이 탔다. 물이라도 마셔야 앞일을 생각할 수 있을 것 같았다. 침이 바짝 마르고 입안이 쓰디썼다.

무거운 몸을 간신히 일으켰다. 다리가 후들거려 계곡으로 내려갈 수 있을지 자신이 없었다. 할 수 없이 나무를 번갈아 붙잡아가며 아래로 내려갔다.

"아앗!"

나무뿌리에 채여 계곡 아래로 데구르르 굴러떨어지고 말았다. 오히려 다행이었다.

돌돌돌 돌돌돌.

제 갈 길을 알고 거침없이 흘러가는 물소리가 났다. 반가웠다.

어푸어푸!

계곡물에 머리를 들이밀고 정신없이 물을 마셨다. 급기야 물속에 풍덩 들어가 몸도 담갔다. 찬 기운에 정신이 번쩍 들었다.

그때였다. 인기척을 듣고 누군가 소리쳤다.

"도…… 도와줘, 제발!"

금방이라도 숨이 멎을 것 같은 힘없는 목소리였다.

'어? 분명 영어로 말했는데. 미군이야?'

태오가 움찔했다.

물에서 나와 소리 나는 쪽으로 고개를 내밀었다. 바위 뒤에 누군가 앉아 있는 것 같았다. 까치발을 들고 보니 노란 금발이 눈에 띄었다. 반쯤 보이는 하얀 얼굴에 콧날이 우뚝했다. 맘과 비슷한 외모였다. 몹시 고통스러워하는 것 같았다.

태오는 잠시 머뭇거렸다.

'나를 일본군인 줄 알 텐데 총이라도 쏘면 어쩌지?'

문득 장티푸스에 걸린 엄마 곁을 맘이 지키던 일이 생각났다. 맘이 없었다면 엄마는 얼마나 불안하고 쓸쓸한 죽음을 맞이했을까. 도와달라는 사람을 모르는 척하는 게 과연 옳은 일일까.

태오 자신도 이대로 지내다 언제 죽을지도 모를 일이었다. 곁에 누군가 있어 준다면 덜 무서울 것 같았다.

온갖 생각이 머리를 스쳤다.

'그래, 도와주자. 이대로 죽게 내버려 둘 수 없잖아. 맘도 그걸 원하실 거야. 원수도 사랑하랬는데.'

태오는 숨을 크게 들이마셨다. 느린 걸음으로 조심조심 다가갔다.

미군은 태오를 보고 화들짝 놀랐다. 일본 군복을 입었으니 적이 나타난 셈이었다. 미군은 두 손을 들어 올리며 말했다.

"너는 일본군……?"

떨리는 목소리였다. 절망의 목소리 같기도 했다. 군복은 온통 피투성이였다.

태오가 다가가던 걸음을 멈추었다. 손을 가로저으며 차분히 말했다.

"아, 아녜요. 나는 일본군이 아니에요. 조선에서 끌려온 군부예요. 노예 노동자."

미군은 여전히 경계심을 풀지 않았다.

"그런데, 왜 일본 군복을 입었지?"

"일본군에 끌려다니며 고생하다 탈영해 도망치는 중이에요."

미군은 그제야 안심했다는 듯 한숨을 내쉬었다.

"물, 물⋯⋯."

목이 탄 미군이 애원하듯 말했다.

태오는 커다란 나뭇잎에 물을 담아 미군에게 떠먹여 주었다.

기운을 좀 차린 미군이 낮은 목소리로 말했다.

"고맙다. 나는 미 육군 윌리엄이다."

윌리엄은 어젯밤 작전 중 자살 특공대 공격을 당했다고 했다. 대원들을 잃고 자신도 부상이 심해 밤새 길을 잃고 헤맸다고 했다.

태오가 살펴보니 윌리엄은 다리에 심한 총상을 입었다. 출혈이 심해 이제는 기력도 다한 것 같았다. 얼굴이 핏기 하나 없이 창백했다.

"윽⋯⋯, 나, 나를 우리 캠프로 데려다주겠니?"

윌리엄의 푸른 눈빛을 보니 맘이 생각났다.

태오는 덤불 속에서 나뭇가지를 주워 왔다. 다친 다리에 나뭇가지를 대고 자신의 군화 끈을 풀어 칭칭 감아 고정했다. 지팡이가 될 만한 것을 윌리엄에게 건네주며 말했다.

"이걸 딛고 제 어깨를 짚으세요. 일어설 수 있겠어요?"

태오가 윌리엄에게 바짝 붙어 앉아 어깨를 내밀었다.

윌리엄은 지팡이를 짚고 부들거리며 간신히 몸을 일으키려고 애썼다.

"으윽! 안 돼."

윌리엄이 겨우 일어서나 했더니 이내 바닥에 주저앉고 말았다.

태오가 보기에도 윌리엄 스스로 움직이기엔 무리인 것 같았다. 그렇다고 큰 덩치를 끌고 갈 수도 없었다.

"어떡해요?"

태오가 안타까운 듯 말했다.

윌리엄이 고통스러운지 얼굴을 찌푸리며 말했다.

"네가 미군 캠프로 가서 사람들을 데려와 줄 수 있겠니?"

"네, 그럴게요. 위치를 알려주시면."

태오가 선뜻 대답했다.

윌리엄의 상태는 점점 심각해졌다. 말소리에 힘이 없고 숨소리가 가빠졌다. 금방이라도 어떻게 될 것 같아 태오는 조바심이 났다.

"그럼, 갔다 올게요. 잠시만 기다리세요."

태오가 일어서려는데 윌리엄이 옷깃을 붙잡았다. 눈빛이 초조해 보였다.

"설마 나를 두고 그냥 가버리는 건 아니지?"

"그럼요, 꼭 돌아올게요."

"그걸 내가 어떻게 믿을 수 있지?"

윌리엄의 목소리와 눈빛에 살고 싶다는 마음이 간절히 녹아 있었다.

태오는 어떻게 하면 안심시킬 수 있을까 생각했다. 희망의 끈을 놓지 말아야 윌리엄이 버틸 수 있을 거로 생각했다. 십자가 목걸이를 풀어 윌리엄에게 내밀었다.

"이게 뭐야? 'E.E.'?"

윌리엄이 태오 목걸이를 보며 물었다.

"이건 맘 목걸이에요. 저는 고아이고, 미국 선교사 맘 밑에서 자랐어요."

"그래서 네가 영어를 잘하는구나."

"이 목걸이가 당신을 지켜줄 거예요. 반드시 돌아올 테니 기다리세요."

윌리엄이 안심한 듯 크게 고개를 끄덕였다.

"일본 군복은 벗어버려. 너무 위험해."

태오가 웃통을 벗어 던지자 윌리엄은 자신의 손수건을 내밀었다. 나뭇가지에 묶어 항복의 깃발로 들고 가라는 것이었다. 그리고 자신의 포켓에 든 수첩을 찢어 펜으로 몇 자를 썼다. 손이 바르르 떨렸다.

"미군 병사를 만나거든 이 메모를 건네줘. 아무라도 상관없어."

태오는 깃발과 메모를 들고 계곡을 벗어났다. 숲길을 조심조심 내려오는데 아래쪽에서 저벅저벅 발소리가 났다.

태오는 긴장했다. 수풀 사이에 숨어 지켜보니 미군의 철모가 보였다. 미군 병사 서너 명쯤 되어 보였다.

태오는 흰 깃발을 높이 들고 수풀 사이에서 나왔다.

"손 들어!"

미군 병사가 총을 들이대자 태오가 손을 번쩍 들며 말했다.

"저기 위쪽 계곡에 미군 윌리엄이 쓰러져 있어요. 얼른 가서 구해 주세요."

"뭐?"

뜻밖의 말에 병사가 놀라더니 태오가 내민 메모를 읽었다.

"캡틴이야!"

총을 거둔 병사들 얼굴이 환해졌다.

태오가 윌리엄의 부상이 심각하다고 알려주자, 병사들이 의무병을 데리고 왔다. 들것도 가지고 왔다.

태오는 앞장서 윌리엄이 있는 곳으로 안내했다.

"캡틴!"

윌리엄의 부하들이 반가운 얼굴로 경례했다.

"부상이 심하시군요."

부하들은 캡틴을 찾으러 수색 길에 나선 것이라고 했다.

의무병이 윌리엄에게 진통제를 놓고 응급 처치를 했다. 윌리엄을 들것에 실어 산길을 내려왔다.

태오도 윌리엄과 함께 트럭을 타고 미군 캠프로 향했다.

윌리엄이 태오에게 목걸이를 되돌려주며 말했다.

"진심으로 고맙구나. 네가 날 살렸어. 너는 조선 어디서 왔지?"

태오는 경북이라고 하면 잘 모를까 봐 부산에서 좀 떨어진 곳이라고 했다.

윌리엄이 뭔가 골똘히 생각하며 다시 물었다.

"그럼, 네 맘도 부산에서 선교 활동을 하니?"

"네. 부산에 자주 가셔요."

"그렇구나. 실은 우리도 부산에 있는 선교사들한테 가끔 조선 정보를 듣는단다."

태오는 내심 놀랐다. 언젠가 맘이 조선에 도움 되는 일을 한다는 말이 생각났다.

윌리엄은 태오에게 나이랑 오키나와로 어떻게 오게 됐는지 등 여러 질문을 했다.

어느새 미군 캠프에 도착했다.

윌리엄을 보고 대원들이 반가워했다. 의무병이 달려와 윌리엄을 병원으로 데려가려 했다.

"이 아이도 다쳤으니 같이 치료해 줘."

윌리엄 말에 의무병 눈이 휘둥그레졌다. 일본군을 장교 옆 침대에 나란히 두고 치료해 주자는 말이니 당연했다.

"이 아이가 나를 살렸어. 이 아이에게 따뜻한 수프와 입을 옷도 부탁해."

윌리엄이 태오를 바라보며 한쪽 눈을 찡긋했다.

병원 침대에 나란히 누워 치료를 받으며 윌리엄이 말했다.

"너는 군법에 따라 포로수용소로 가게 될 거야. 지금 당장은 널 풀어줄 순 없어. 섭섭해도 조금만 참아. 미군의 승리가 코앞이니 전쟁이 끝나는 대로 꼭 조선으로 돌아가게 해 주마."

"정말 감사합니다."

태오는 안도의 한숨을 내쉬었다. 조선으로 돌아갈 수 있다니 꿈만 같았다. 하지만, 박정운 선생님이 내내 걱정되었다. 지금 동굴 내에서 어떤 일이 일어났을지 몰라 불안하던 터였다.

태오가 윌리엄과 눈빛을 마주하며 말했다.

"저 소원이 있는데요. 꼭 들어주시면 좋겠어요."

윌리엄이 어깨를 으쓱 올리며 흔쾌히 대답했다.

"그래? 너는 내 목숨을 구해 줬으니 말해 보거라."

태오는 마부니 동굴 상황을 알려주고 시간이 급하다고 재촉했다.

윌리엄은 부하들에게 태오와 같이 서둘러 동굴로 가 보라고 명령했다.

태오 일행은 덜컹거리는 트럭을 타고 마부니 동굴로 향했다.

'선생님, 조금만 기다리세요.'

태오는 마음이 조급해졌다.

도착해 보니 동굴 밖은 이전과 별다른 느낌은 없어 보였다.

동굴 입구 쪽으로 확성기를 대고 미군이 소리쳤다.

"미군이 승리했다! 더 이상의 저항은 무의미하다. 사랑하는 가족을 생각해서 무기를 버리고 손 들고 밖으로 나와라! 우리는 결코 너희를 죽이지 않을 것이다!"

동굴 안에서는 감감무소식이었다.

태오가 확성기를 받아 들고 소리쳤다.

"선생님! 저 태오예요. 저를 믿고 무기를 버리고 얼른 나오세요!"

초조한 시간이 흘렀다. 일 분이 일 년처럼 길었다.

마침내 두 손을 번쩍 든 박 선생님이 동굴 입구에 모습을 드러냈다.

"선생님!"

태오가 달려가 선생님 품에 안겼다.

"너도 잃은 줄 알았는데……."

펑! 퍼벙! 펑!

그때 동굴 안에서 폭발음이 났다. 동굴 밖까지 '우르릉'하고 진동이 느껴질 정도였다. 날카로운 비명소리도 났다. 먹구름 같은 연기가 동굴 안에서 마구 쏟아져 나왔다.

"세상에! 저런 선택을 하다니."

박 선생님이 동굴 쪽을 바라보며 혼잣말했다.

태오는 선생님과 트럭 뒤 칸에 올라탔다.

태오가 선생님 손을 꼭 잡고 나지막이 읊었다.

우리는 만날 때에 떠날 것을 염려하는 것과 같이 떠날 때에 다시 만날 것을 믿습니다.

선생님이 미소를 지으며 화답했다.

아아, 님은 갔지마는 나는 님을 보내지 아니하였습니다.

두 사람이 한목소리로 읊었다.

제 곡조를 못 이기는 사랑의 노래는 님의 침묵을 휩싸고 돕니다.

 멀리 수평선에 걸친 주홍빛 노을이 두 사람을 붉게 감싸안았
다. 잠시 후면 조선의 바다도 붉게 물들일 노을이기에 더없이
고왔다.

그로부터 수십 년의 세월이 흘렀다.

오키나와에 평화가 찾아오고 아름다운 바다가 내려다보이는 마부니 언덕에 '평화 기념 공원'이 세워졌다. 공원 내 '평화의 초석'에는 오키나와 전투에서 희생된 사람들의 명단이 나라별로 새겨졌다.

머리가 희끗희끗해진 태오가 오키나와 사람들과 마부니를 방문했다. 동굴을 찾고 야트막한 언덕과 커다란 용나무를 찾아냈다. 그리고 간절히 바라던 만복이 무덤을 찾아냈다. 그곳에서 세모 모양 학교 배지가 나왔다. 녹슬고 금방이라도 부서질 듯했지만, 만복이 잠들어 있음을 나타내는 증거이기도 했다.

'평화의 초석'에 있는 대한민국 비석에 또 하나의 이름이 새겨졌다.

田滿福(전만복)

키 작은 소년에게 내가

몇 년 전, 오키나와에서 한 달 살기를 하였다.

에메랄드빛 바다와 싱그러운 이국적 풍경에 한껏 취해 있던 어느 날, '구해군사령부호(旧海軍司令部壕)'를 방문하게 되었다. 그곳은 제2차 세계대전 중 일본군의 지하벙커로 1945년 4월부터 약 3개월 동안 미군과 일본군 사이에 벌어진 '오키나와 전투'에서 마지막까지 전투를 지휘한 곳으로 유명하다.

벙커 입구에 전시된 사진 한 장이 내 발길을 붙들었다. 오키나와섬으로 끌려와 포로가 된 조선인 군부(軍夫)들 사진이었다. 그들은 초췌한 모습에 희망을 잃은 듯한 표정이었고, 맨 뒷줄에는 키 작은 소년도 있었다.

나는 그 소년에게 끝없이 질문했다. '군부'가 뭐야? 너는 어쩌다 이 먼 곳까지 와서 포로가 되었니? 얼마나 힘들었니? 등등.

막상 지하벙커에 들어가서는 그 깊고 어마어마한 길이의 동굴을 군부들이 곡괭이로 일일이 팠다는 사실에 또 한 번 놀라지 않을 수 없었다.

그 후로도 소년은 내 마음속에서 떠나지 않았고 결국에는 내가 그의 포로가 되고 말았다. 내가 던진 질문의 답을 얻고자 한국과 일본 자료를 조사하게 되었고 마침내 군부가 된 소년의 이야기를 쓰게 되었다.

당시 일본은 식민지였던 조선인들을 일본군으로 징용하는 외에도 오키나와 전투 준비와 방어선 구축을 위해 강제로 동원하여 노동력을 착취하였다. 소위 '군부' 또는 '군속'이라 불렸던 조선인들은 일본군의 방어 시설 및 군사용 비행장 건설, 동굴 진지 구축, 물자 운반 등 고된 육체노동을 강요받았으며 대부분의 군부가 전투 중에 희생되거나 포로가 되기도 하였다.

조선인 군부의 역사는 일본 제국주의의 확장과 야욕이 불러일으킨 우리 민족의 커다란 비극적 사례로서, 이 작품을 통해 그들의 희생과 고통을 이해하는데, 작은 도움이 되기를 간절히 바란다.

2024년 국화향 그윽한 날에

남경희

남경희

일본 유학 중 일문학을 전공하고 귀국 후 대학 강단에서 활동했다. 퇴직 후 평소 관심이 많았던 동화 쓰기에 전념하고 있다. 2021년 경남신문 신춘문예 동화 부문 《내 이름은 구름이》로 등단하고 《바다를 건너온 피아노》로 2023년 아르코문학창작기금 발표지원자로 선정, 《아까시나무와 꿀벌 붕붕이》로 2024년 국립생태원 공모전에 입상하였다.

번역 그림책으로 《고릴라 아저씨네 빵집》, 작품집으로 《백정의 아들, 포와에 가다》가 있다. 《오키나와 소년 군부 태오》는 경남문화예술진흥원의 지원을 받은 작품이다.